MOURIR
AVANT QUE D'APPARAÎTRE

RÉMI DAVID

MOURIR AVANT QUE D'APPARAÎTRE

roman

nrf

GALLIMARD

Pour l'écriture de ce livre,
l'auteur a bénéficié d'une bourse de résidence à l'Imec.

À la mémoire d'un jeune mort

Mourir avant que d'apparaître est une œuvre de fiction, un roman. En aucun cas un travail d'historien ni une biographie de Genet.

Si le texte met en scène des personnages ayant réellement existé, s'appuie sur des témoignages, s'inspire d'une histoire vraie, il offre de cette histoire une réécriture qui ne s'interdit ni de combler par la fiction les silences des biographies en inventant certaines scènes manquantes, ni de prendre des libertés avec les faits en faisant par exemple prononcer par Genet des paroles qu'il a en réalité écrites. C'est donc *une* interprétation qui est livrée ici et qui ne saurait prétendre au mieux qu'à la vérisimilitude.

« Et, qui sait ? Si tu tombes du fil ? Des brancardiers t'emportent. L'orchestre jouera. On fera entrer les tigres ou l'écuyère. »

Jean GENET,
Le Funambule

Sur une photo en noir et blanc qui date de quarante-huit, Abdallah a douze ans. Il se trouve au sommet d'une pyramide humaine, bras et jambes écartées, devant le rideau en velours du cirque Pinder. Dans l'édifice de chair, portant le même costume étoilé, on voit le jeune Ahmed. Son grand ami.

Ils s'étaient rencontrés deux ans auparavant, en fin d'une journée qui eût été presque belle si Abdul – on l'appelait ainsi, au cirque – n'y avait été par sa mère abandonné.

C'était une grosse Allemande qui souffrait de diabète. Ses chevilles étaient gonflées, l'obligeant à se déplacer à l'aide de deux béquilles. Elle parlait un français fort approximatif et à l'accent marqué.

— Je te laisse, Abdallah, dit-elle ce jour-là. Sois sage et sois gentil.

Ce furent ses derniers mots avant de s'en aller.

Le gamin suivit des yeux la marche lente de cette femme qui s'éloignait, sa mère, ponctuée par le sifflement sonore de son souffle asthmatique. Avant qu'elle ne lui tourne tout à fait le dos, il crut lire sur son visage l'esquisse d'un sourire, mais n'en fut pas certain. L'affection, la tendresse étaient des qualités qu'elle ne possédait pas.

Le patron de Pinder, un grand gaillard joufflu, moustachu et musclé, qui sentait la sueur, avait la main posée sur l'épaule du garçon et regardait aussi la boiteuse qui partait.

Elle avait appris, le soir précédent, le passage d'un cirque. Ce fut par une annonce clamée au mégaphone, faite d'une voiture qui sillonnait les rues pour en faire la réclame : *Pinder, un spectacle extraordinaire.*

Abdallah connaissait les bases de l'acrobatie, qu'il avait pratiquée un peu avec son père, un Algérien, en Kabylie. À peine arrivé en France, après la guerre, il disparut, du jour au lendemain. Avant de quitter à jamais leur taudis, un soir qu'il était rond comme un ballon, il s'en était pris violemment à Abdul.

— Ce gosse n'est qu'un sale fils de pute. *Naal dine oumouk !*

La mère s'était interposée, faisant un bouclier de son corps obèse pour protéger l'enfant : le père tentait de le frapper avec une chaise. En pleurs, Abdallah dut sortir pour éviter la charge.

Il marcha deux longues heures dans leur quartier fait de baraques en bois et de cabanes en tôle. À son retour, son père était parti. Il ne le revit jamais. Il semblerait qu'il soit mort quelques jours plus tard, le corps planté au couteau dans une rixe qu'il avait déclenchée, entre immigrés italiens et algériens. Sa femme accueillit la nouvelle comme elle accueillait tout : avec indifférence.

Ne voyant comment nourrir son marmot seule, elle eut tout à coup l'idée du cirque. C'était tout de même une déchirure, leur laisser son enfant. Quelle mère était-elle pour leur confier Abdallah ? Mais que faire d'autre ? Elle n'avait pas de salaire, vivait dans la boue d'un bidonville, n'avait plus le moindre espoir de trouver un travail, avec son handicap. Elle pouvait bien se passer de manger certains jours, mais l'imposer à son fils pour le garder auprès d'elle, était-ce lui rendre service ?

Abdallah écouta sans rien dire, sans pleurer, les mots confiés par sa maman au patron de Pinder. Dès qu'elle eut disparu de leur champ de vision, le moustachu aux odeurs de sueur ôta la main de son épaule. D'un geste brusque, il désigna à Abdallah, un peu perdu mais souriant, la première cage à nettoyer. C'était celle des lions, puisque les bêtes étaient au travail sur la piste.

C'est dans cet univers de fauves qu'il fit la connaissance d'Ahmed. Marocain, le même âge que lui mais sept mois d'expérience, déjà, avec Pinder. Il apparut dans la cage à sa rescousse et lui montra où on rangeait la fourche, les seaux, où jeter le purin, où trouver un point d'eau, quelles latrines récurer. Il lui offrit aussi une cigarette, chapardée secrètement au lanceur de couteaux, *un raciste*. Le cirque, en apparence si différent du monde, n'échappait pas aux préjugés du monde.

Les deux enfants, derrière une caravane, fumèrent ensemble leur trésor dérobé. Ahmed était bavard, Abdallah écoutait. C'était le début de leur belle amitié.

L'un et l'autre travaillaient sans relâche. Ils n'étaient pas payés, mais logés et nourris, ce qui était quelque chose, comme le leur répétait le patron de Pinder à longueur de journée.

— Et si vous bossez bien, à la fin de la tournée, vous pourrez même garder votre costume de spectacle, avec les épaulettes et leurs jolies dorures !

Ahmed et Abdallah ne ménageaient pas leur peine. Ils nettoyaient la piste, déblayaient les gradins, nourrissaient les lamas, les zèbres, les éléphants... et très souvent aussi se farcissaient la plonge. Entre-temps, ils s'entraînaient, perfectionnaient ensemble leur jonglage, répétaient les acrobaties annoncées tous les soirs par Monsieur Loyal comme *le célèbre numéro des sauteurs maghrébins.* Sous les applaudissements du public, leurs corps d'enfants trop musclés pour leur âge multipliaient les équilibres au sol, les saltos, les pirouettes et les sauts périlleux, les élévations, les dévissés, les colonnes...

Ils étaient tous les deux de très bons acrobates. Abdallah avait une façon de s'élever dans les airs très vive. Ahmed était aussi un excellent sauteur, dans un style différent et plus lentement chorégraphié. À la fin du numéro, sur un roulement de caisse claire dramatisant son ascension, comme une montée à l'échafaud, Abdallah se plaçait en haut de la pyramide, bras et jambes écartés, avant d'en être catapulté sur un coup de cymbale. Le spectacle ensuite se poursuivait, suivant les soirs, avec Weyland ou la belle Diane, deux trapézistes.

Diane avait beaucoup d'affection pour Abdul, qu'elle appelait son *habibi* — il lui avait appris ce mot arabe qui veut dire « mon chéri ». De dix ans leur aînée, elle était de ceux, avec Weyland, qui le soir tombé quittaient leur caravane pour venir sous la tente des *sauteurs maghrébins*, logés à part dans le campement du cirque. Ils écoutaient sans comprendre, souvent, les histoires en arabe, les blagues qui se racontaient et ils riaient d'entendre les autres rire. Ils s'efforçaient aussi d'apprendre de petits mots. *Habibi, salam, labass, bslama, choukran*... On ne se comprenait pas dans les moindres détails mais on s'appréciait fort sous la tente des sauteurs, qui sentait bon le kif, la bonne humeur et le thé à la menthe.

À chacune de ces soirées, Diane prodiguait des chatouilles aux garçons. Elle inventait pour eux, sans cesse, de nouveaux jeux. Ils se moquaient ensemble du nain hongrois grincheux ou du clown hollandais dépressif. Ahmed imitait l'un quand Abdul faisait l'autre, à grand renfort de grimaces et de gestes outrés.

Abdallah, plus souvent qu'Ahmed, allait retrouver Diane dans sa caravane. Elle lui offrait des caramels. Il lui faisait la démonstration de ses progrès en jonglage, lui apportait des fruits cueillis aux environs du cirque. Il ne parlait pas beaucoup, mais ses grands yeux rieurs s'exprimaient clairement pour lui, disaient sa grande délicatesse, son besoin d'être aimé.

Avec ce petit garçon qui savait à peine lire, elle partageait aussi son amour pour les mots. C'étaient des poèmes de Cocteau, de Baudelaire, de Mallarmé qu'elle récitait par cœur, et aussi d'Olivier, l'homme qu'elle aimait, dont elle parlait souvent à Abdallah. Un somptueux poète, et tellement beau, qui bientôt serait connu, prédisait-elle.

— *La pluie montre ses dents, exige la lumière. Mon envie de crier, comme un doigt qu'on déplie, tire, tire les fils du nez de la mercière qui maigrit, mais qui tourne, embobinant la pluie...*

Tu ne trouves pas ça splendide, Abdul ? C'est Olivier qui l'a écrit, ce texte.

Abdallah souriait en guise de réponse. La plupart du temps, il ne comprenait rien ou bien quasiment rien à ce que récitait Diane. Il appréciait pourtant ces moments avec elle, son enthousiasme à réciter ses textes, sa façon de les déclamer en y mettant le ton, c'était exquis. Il écoutait, attentivement, fermait parfois les yeux et finissait par s'endormir dans sa caravane, blotti entre ses bras.

Ce fut dans cette même caravane, auprès de Diane, qu'Abdallah vint se réfugier, trouver du réconfort après une mauvaise chute qui avait fortement abîmé son genou. Son talon avait ripé alors qu'il prenait appui sur l'épaule d'un porteur. Le public avait à peine vu sa glissade qu'Abdallah était déjà sur pied et reprenait son numéro, malgré la douleur aiguë qu'il ressentait.

Il ne fallut pas plus que ce bref accident pour que le patron de Pinder refuse de lui offrir son costume à la fin de la tournée de mille neuf cent quarante-huit.

En quarante-huit, Monique avait une vingtaine d'années et travaillait dans l'édition, comme secrétaire, chez Gallimard. Derrière la porte au vernis vert de la rue Sébastien-Bottin, elle tapait à longueur de journée des manuscrits à la machine, ces machines à écrire aux rubans bicolores et à manette de retour chariot. Elle copiait notamment les textes des deux Paul, Valéry et Claudel. Ils n'étaient pas mauvais mais ne valaient pas grand-chose, à ses yeux, si elle les comparait aux manuscrits de l'auteur, le seul, qu'elle adulait : Genet. Mais on ne la payait pas pour donner son avis, alors Monique se contentait de taper.

Certains midis, à la cantine, elle mangeait à côté de Camus. Les secrétaires rivalisaient de stratégies diverses pour tenter d'être assises à la même table que lui. Beaucoup se seraient même posées sur ses genoux, si elles avaient osé. Quel charisme il avait, et quel regard. Monique elle-même fit un jour trois fois le tour de la pièce, feignant de chercher quelqu'un, pour venir s'installer en face de lui… Son métier, sans être passionnant, lui offrait ainsi un rêve servi sur un plateau : croiser et fréquenter ceux qui la faisaient vibrer, qui faisaient la littérature.

Un après-midi, à l'improviste dans son bureau, ce fut Faulkner en personne, le Prix Nobel, qui débarqua. Il venait évoquer le contenu d'un prochain livre avec son éditeur. Dans un anglais aux accents franchouillards, Monique le fit patienter :

— Be my guest. It is my duty to make you feel at home, mister Faulkner. The director will soon be able to receive you. If you need anything, don't hesitate to ask.

— A bottle of whisky ! lui répondit Faulkner.

Pas si simple à trouver, à l'époque, à Paris. Monique dut battre le pavé de la capitale pendant une bonne demi-heure avant de dégoter la fameuse bouteille. Elle revint triomphante, le saint-graal à la main dans un sac en papier, et Faulkner fut ravi. L'anecdote marquait le début de leur amitié : il deviendrait plus tard le parrain de sa fille, Carole.

Mais revenons-en maintenant à celui qu'elle adorait : Genet. Elle l'avait dévoré dans sa toute petite chambre de la rue Jouffroy, dans le dix-septième arrondissement. Elle avait pris des notes, appris des phrases par cœur ; elle était transportée. Elle qui était issue d'une famille bourgeoise, parfaitement comme il faut, pouvait grâce à Genet, grâce à ses livres, vivre au milieu des voleurs, des pédés, des putes, des travestis, des prisonniers, des condamnés, des réprouvés, des révoltés... Autant de personnages qu'elle aimait de tout cœur pour leur humanité. Genet le lui dirait plusieurs fois par la suite : Monique, c'est agaçant, vous êtes admiromane, et c'est vrai qu'elle l'était.

Un jour à son bureau, elle entendit un bruit dans la pièce à côté. C'était bizarre car sa collègue, Germaine, était en congé. Elle décida d'aller voir et tomba nez à nez avec Genet.

Il fouillait les affaires de Germaine. Il jouait avec des timbres sortis d'un dossier, qu'il venait coller les uns sur les autres sur une enveloppe en kraft posée sur le bureau. Elle reconnut au premier regard sa silhouette trapue, son corps un peu balourd, sa calvitie. Ce fut pour elle comme une épiphanie de voir Genet lécher, coller ces timbres comme un enfant espiègle en train de faire une bêtise. Elle en était paralysée, parce qu'éblouie. Éblouie pour la vie.

— J'ai tout un tas de flics au cul.

Genet colla un timbre encore sur l'enveloppe, puis leva les yeux vers elle. Il reprit :

— C'est grave et c'est dangereux.

Il marqua un temps.

— Comment vous vous appelez ?

— Monique.

— Monique.

Il répéta le mot.

— Monique, tiens, comme la mère du vieux saint Augustin.

Elle restait suspendue à ses lèvres. La parole de Genet accouchait lentement et d'une voix légèrement métallique, étonnante. Il ne parlait pas pour ne rien dire, laissait des temps morts, de longs silences pour réfléchir, avant de trouver les mots les plus directs et les plus justes et de reprendre ensuite :

— Monique, c'était une Berbère. Ils furent un temps chrétiens, les Berbères, vous saviez ?

Elle fut conquise d'emblée, si tant est qu'elle pouvait

l'être encore davantage que lorsqu'elle le lisait. Conquise par le farceur qui se tenait devant elle, le cheveu ras, les lèvres serrées, le regard méfiant, presque agressif mais tendre dans le même temps, ce farceur qui dilapidait des timbres sur une enveloppe en kraft et qui, par ailleurs, composait aussi des chefs-d'œuvre.

Elle ne l'avait jamais vu, ils ne se connaissaient pas. Pourtant, comme deux complices, dans les minutes suivantes, ils fuguaient ensemble, rue de Rome, vers l'hôtel Chicago, où séjournait Genet.

Toute sa vie, quasiment toute sa vie, Genet dormit dans des hôtels. Toujours en mouvement, toujours prêt à partir. Il ne vivait pas, de toute façon, comme la plupart des gens. Il ne savait pas faire de vélo. Personne, enfant, ne lui avait appris. Il ne savait pas prendre une photo, pas se servir d'un appareil. Il ne savait pas cuisiner, personne non plus, jamais, ne lui avait appris. Il ne savait rien faire de ce que tout le monde sait faire. Mais il savait écrire comme personne ne sait le faire.

Ils sortirent discrètement de l'immeuble de Gallimard. Arrêté à la fin des années trente pour avoir falsifié des billets de train, volé une chemise, des livres, un portefeuille et une valise, Genet n'avait pas purgé l'ensemble de ses peines. Récidiviste, il risquait la relégation à perpétuité. Sartre et Cocteau obtiendraient quelques jours plus tard sa grâce, après une lettre ouverte au président de la République, Vincent Auriol, publiée le seize juillet mille neuf cent quarante-huit dans le journal *Combat*. En attendant, il ne s'agissait pas pour Genet de se faire pincer. Monique héla dans la rue un taxi pour les mener jusqu'à l'hôtel.

Dans la chambre aux murs jaunis, qui baignait dans une odeur de tabac froid, Genet alluma une gitane et se posta à la fenêtre, pour faire le guet. Sa complice à sa demande rassembla comme elle le pouvait toutes les affaires de son idole.

— Ils vont me coffrer, Monique, me coffrer, je vous le dis, si vous ne faites pas plus vite.

Elle tentait tant bien quel mal de plier les vêtements dispersés dans la chambre, avant de les glisser dans une valise en cuir : trois pantalons, deux maillots de corps, deux gilets.

— Éteignez la lumière, j'ai cru entendre des pas, quelqu'un dans l'escalier. Surtout ne dites pas un mot, vous m'entendez, Monique ? Et aussi arrêtez de respirer comme vous le faites, si fort, et de bouger vos mains.

On frappa à la porte. Monique sentait son cœur qui battait la chamade et tentait de contrôler, tant bien que mal, le rythme de sa respiration qui s'emballait. On frappa. Trois coups nets, un silence durant près d'une minute puis à nouveau trois coups. Elle cherchait refuge dans le regard de Genet. En réponse, il lui tira la langue avec des yeux d'enfant rieur et qui plissaient de malice en vous regardant.

On entendit les pas s'éloigner, leur bruit s'amenuiser puis disparaître tout à fait. Genet, caché derrière le rideau, jeta un œil par la fenêtre qui donnait sur la rue et reconnut la silhouette de Bernard, son agent, qui sortait de l'hôtel et s'éloignait sur le trottoir.

— Je le vois : c'était un flic. S'ils me foutent en prison, Monique, ce sera votre faute.

Respirant à nouveau normalement, elle rassembla

dix chaussettes, sans prendre le temps de faire les paires, quelques slips, deux chemises.

— Plus vite, Monique, je vous en prie, faites vite, l'exhortait Genet.

Elle bafouilla quelque chose d'inaudible, pour elle-même, s'excusant de traîner, puis augmenta la cadence du mieux qu'elle le pouvait.

Il n'y avait plus, désormais, qu'à mettre dans la valise la pile des quelques livres qui se trouvaient posés sur la table de chevet, imprégnés eux aussi de l'odeur de tabac. Il y avait *Les Amours* de Ronsard et un Dostoïevski, un Mallarmé en Pléiade, quelques ouvrages aussi parus chez Denoël. Mais il y avait surtout, sous cette pile d'ouvrages, des pages blanches noircies d'encre, des pages de manuscrits que Monique, fascinée, ne pouvait quitter des yeux. Elle recueillit les feuilles avec grande minutie, les manipulant toutes comme s'il s'agissait des reliques d'un saint. Elle brûlait de déchiffrer ce qui y figurait, mais se l'interdisait. Elle déposa ensuite la liasse dans la valise, l'aplanit d'un geste de la main puis ferma le rabat.

Monique n'eut guère le temps de réfléchir. Pour que Genet soit à l'abri, spontanément, elle le mena dans la chambre qu'elle louait rue Jouffroy. Elle n'osa préciser que c'était sa propre chambre. Avec sa coupe au carré, ses vêtements élégants, luxueux et l'agenda Hermès posé sur son bureau, elle avait pour Genet tout de la petite bourgeoise d'une vingtaine d'années. Cette chambre devait être, pensa-t-il, une sorte de dépendance du grand logement de papa.

Elle en confia la clef à Genet. Il regardait les livres de sa bibliothèque lorsqu'elle la lui tendit.

— Essentiellement des bouses, dit-il, catégorique. Il n'y a que Pascal et Sartre à valoir quelque chose.

Monique rougit, sans chercher à répondre pour se justifier. Est-ce que Genet avait remarqué qu'elle avait tous ses livres ? C'est ce qui lui importait.

— Je passerai vous voir chez Gallimard.

Elle comprit qu'il lui disait *déguerpissez !* et appela une amie pour la dépanner, sans toutefois lui dire la vérité. Était-ce de la pudeur, une envie d'exclusivité ? Elle prétexta une fuite qui l'obligeait à découcher jusqu'à la venue d'un plombier. L'affaire de quelques nuits, pas plus. Et si Genet demandait à rester plus longtemps ? Qu'importe, elle trouverait une autre combine.

Elle se serait sacrifiée très volontiers pour lui.

Genet ne passa que quelques nuits, finalement, chez Monique. Un matin, rue Sébastien-Bottin, elle découvrit sur son bureau la clef de sa chambre posée avec un mot :

Petite, j'ai vendu Pascal et Sartre,
pleurez pas,
je vous en écrirai d'autres.

À dix-sept ans, Abdallah et Ahmed quittèrent un temps le cirque et son mode de vie nomade pour se poser à Paris. Ils réussirent à louer ensemble une chambre minuscule dans un taudis aux environs de Belleville et de la rue Oberkampf, à quelques pas du Cirque d'Hiver.

Belleville accueillait déjà une mosaïque de nationalités. On y trouvait des Grecs, des Polonais, des Arméniens et beaucoup de Maghrébins, venus de Tizi-Ouzou et de Béjaïa, la plupart du temps. Par le bouche-à-oreille et avec l'aide d'un de ses cousins de Kabylie, Abdallah avait pu dégoter une chambre, perdue dans les ruelles d'immeubles à basse hauteur et d'ateliers sur cour. Une pièce, un grand lit, un réchaud, deux casseroles, du papier peint moisi aux murs, une fenêtre et des toilettes sur le palier. C'était à peu près tout, mais c'était bien assez.

Comme on vivait là, très souvent, à l'étroit, on profitait de la rue, beaucoup, et des bars. C'était très animé et propice aux échanges. Ahmed et Abdallah firent connaissance avec deux demoiselles, Erika et Kitty, dans un café rue Oberkampf, le Balto. C'était un établissement avec une grande terrasse, dans l'arrière-salle duquel, le dimanche surtout, on venait jouer au billard. La plupart des clients étaient des ouvriers, qui travaillaient aux environs dans la ferraille ou la petite chaudronnerie. Pour gagner quelque argent, les deux amis s'étaient fait embaucher dans un atelier de machines-outils. C'était par des collègues qu'ils avaient découvert le Balto, où tous les soirs ou quasiment ils allaient boire quelques godets après le turbin.

Ils étaient assis en terrasse et Ahmed racontait une blague, interminable mais très drôle, où il était question d'un mouton et de son berger. Abdallah écoutait en souriant. C'était le cas, la plupart du temps. Ahmed était la bouche et Abdallah, l'oreille. Ahmed écourta l'histoire quand il vit s'installer, à la table d'à côté, deux jeunes femmes blondes à peine plus âgées qu'eux. L'une avait des yeux bleus translucides, des cheveux longs, une robe légère à pois. L'autre un visage un peu froid, mais un regard noisette ainsi qu'un teint hâlé qui étaient à tomber. Elles parlaient en français avec un accent. Ahmed sentit que c'était le moment de se lancer s'ils voulaient profiter de la vie parisienne.

— Américaine ? demanda-t-il avec un grand sourire à celle des deux jeunes femmes qui avait les yeux bleus.

Elle les leva vers lui, le considéra rapidement de haut en bas et acquiesça.

— Oui.

— Et vous, vous devez être…

Ahmed n'était pas sûr de lui. Il laissa planer un court

silence, interrompu par la jeune femme au visage plus sévère.

— Je suis Grecque.

— Grecque, répéta-t-il : *parakalo, kalimera.*

Il cherchait autre chose. Il ajouta *yassou* mais ne pouvait guère en dire plus.

— C'est ça, exactement, répondit la jeune femme. *Efkaristo, athîo.*

Abdallah écoutait en souriant. Il ne savait pas encore où se trouvait la Grèce, mais il savait que ces yeux noisette étaient splendides. Quant à la froideur se dégageant du visage, il y voyait plutôt la trace d'une sorte de noblesse aristocratique.

L'Américaine, qui s'appelait Kitty, était en France depuis peu et suivait des études pour devenir traductrice. Elle était inscrite à la Sorbonne. Erika, la Grecque, travaillait quant à elle dans une boutique de prêt-à-porter, où elles s'étaient rencontrées quelques semaines plus tôt. C'est là que Kitty avait dégoté la robe blanche à pois rouges qu'elle portait, qui lui allait à ravir. Erika, elle, était habillée d'une robe croisée à l'imprimé fleuri, dont le décolleté plongeant laissait apercevoir une poitrine sur laquelle Abdallah n'osait pas porter le regard, mais qui le fascinait.

Ahmed se leva pour offrir aux jeunes femmes quelque chose à boire et les convia à venir à leur table. Ils discutèrent, ils rirent et prolongèrent la soirée jusque tard dans la nuit. Ils se revirent le lendemain, le surlendemain aussi. Très vite, Kitty devint la petite amie d'Ahmed, Erika celle d'Abdallah.

À part l'amour, ils faisaient tout ensemble, quasiment, tous les quatre. C'était des fins d'après-midi aux terrasses des cafés, quand l'argent le leur permettait, des couscous préparés dans les neuf mètres carrés de la chambre qu'ils partageaient, des tajines, des marches dans les parcs ou le long de la Seine, quelques sorties au cabaret, quand ils trouvaient des combines pour entrer sans payer. Mais l'amour avec une si petite chambre, c'était très compliqué. Et pas question pourtant, à dix-sept ans, d'y renoncer. Ils avaient l'un et l'autre attendu bien assez.

Ahmed et Abdallah convinrent d'abord que l'un devrait découcher quand l'autre voulait coucher. Errer toute la nuit dans les rues, sans avoir rien à faire ni nulle part où aller, ce n'était pas exaltant, et puis c'était dangereux. Abdallah se fit agresser à deux heures du matin par une bande, non loin de la rue Amelot, qui voulait *casser du bougnoule*. C'était un petit miracle de ne s'en être sorti qu'avec une côte cassée et le visage un peu égratigné. Et ce pour rien du tout car Kitty ce soir-là était indisposée et avait repoussé toutes les invitations d'Ahmed à partager son lit.

Abdallah trouva une place de veilleur de nuit dans un hôtel garni des environs de Bastille. Ahmed pouvait ainsi profiter du logement pour y faire ce qu'il voulait à partir de neuf heures le soir et il ne s'en privait pas. Abdallah pour sa part venait s'y prélasser le reste de la journée. Les deux amis, c'est vrai, suivant ce nouveau rythme, se voyaient beaucoup moins, mais découvraient chacun des plaisirs qui compensaient.

C'est ainsi qu'en une fin d'après-midi d'automne Abdallah contempla pour la première fois le corps d'une femme nue, le corps nu d'Erika, et perdit son pucelage dans cette chambre exiguë qui sentait la sueur, les légumes et le moisi. Un mélange qui resterait à tout jamais pour lui associé à l'amour.

On est prêt, tous, à beaucoup renoncer, bien plus qu'on ne le croit, et beaucoup accepter pour un peu de ce que, secrètement, l'on espère. Un sourire, un peu de considération, une caresse. Des promesses. Une confidence intime ou un remerciement, de l'amour, un semblant, au moins de l'amitié, de la complicité. Surtout quand le complice est pour vous une idole. Monique, qui était devenue une intime de Genet, acceptait tout de lui.

Chez Gallimard, quand il passait, rien ne l'amusait plus que de s'en prendre aux feuilles des manuscrits qu'elle recopiait à la machine, tapant avec deux doigts. Il pouvait selon les jours les mélanger, les envoyer en l'air, les déchirer, les annoter de dessins obscènes, les jeter dans la corbeille… Monique le laissait faire et elle s'en amusait.

— Jean, vraiment Jean, vous êtes incorrigible. Vous allez m'attirer des ennuis un de ces jours, avec vos bêtises.

Elle le grondait gentiment pour la forme, sur un ton de remontrance faussement outrée, puis éclatait d'un rire sincère.

— C'est ce manuscrit qui est incorrigible, tellement il est mauvais ! Il ferait mieux de devenir pharmacien ou toubib, celui qui a écrit ça, plutôt que de nous imposer ses phrases sans queue ni tête, qui donnent la nausée !

Elle riait de bon cœur aux sentences proférées par Genet et même le rejoignait sur le fond. Puis elle récupérait le papier tout froissé jeté dans la corbeille, l'aplanissait avec son poing et tapait à nouveau le texte à la machine. Monique passait tout, vraiment tout à Genet.

Elle faisait désormais aussi ses commissions : *allez chez le pharmacien et procurez-vous des boîtes de Nembutal, je n'arrive pas à dormir. Achetez-moi dix paquets de gitanes. Trouvez-moi une chemise et puis deux justaucorps que je puisse mettre en été.*

Genet n'avait ni portefeuille ni compte en banque. Il avait sur lui, pour les nécessités, quelques billets roulés en liasse dans la poche de son pantalon et, pour le reste, passait commande à Monique qui se débrouillait de tout. Elle était si près du soleil et, pour le bonheur de s'en approcher, acceptait beaucoup de ce qui eût semblé, à bien d'autres, inacceptable. Elle était entièrement dévouée à Genet. Une servitude volontaire, heureuse, car payée par de la reconnaissance, de l'affection et de l'amitié, mais servitude tout de même.

Elle avait désormais presque la trentaine, les cheveux courts, noirs, drus et une petite fille d'un an, Carole. Elle s'était séparée du père, *un vrai con,* disait souvent Genet, et n'était pas insensible au charme d'un certain Juan, jeune auteur espagnol qui venait de publier un premier roman chez Gallimard.

Pour le séduire, pour l'approcher, elle avait, il faut l'avouer, utilisé Genet. L'esclave pouvait bien, pour une fois, se servir un tant soit peu de son maître.

Elle n'habitait plus dans la chambre de bonne de la

rue Jouffroy mais occupait un bel appartement situé au trente-trois rue Poissonnière. Elle y invita Juan à dîner, en lui laissant entendre qu'il y aurait aussi Genet. Cela ne manqua pas de faire son effet.

Propulsé après guerre par Cocteau puis par Sartre, qui forgèrent avec lui sa légende à la fois d'enfant voleur, de poète criminel et de génie des mots, Genet était devenu la nouvelle mascotte du monde littéraire. Tout le monde le connaissait, on ne parlait que de lui dans le petit Paris intello-artistique. Il fascinait, forçait l'admiration des uns, la jalousie des autres et la curiosité de tous. Il était pour Monique un appât idéal et qui fonctionna bien : l'Espagnol accepta, sans hésiter, l'invitation à son dîner.

Il arriva le premier, avec ses beaux yeux verts, rue Poissonnière. Grand, fluet, la voix douce et profonde aux accents hispaniques, Juan était pour Monique l'incarnation du charme. Il lui apporta des fleurs, des roses rouges et jaunes, aux couleurs de l'Espagne. Pas celle de Franco, avait-il précisé : la vraie, celle de Cervantès, de Picasso, de Buñuel. Elle lui offrit un verre de rosé pour l'accueillir, agrémenté de glaçons. Elle en mettait partout, quelle que fût la boisson.

Juan était à la fois enthousiaste et intimidé à l'idée de rencontrer Genet. En l'attendant, ils se firent avec Monique des politesses, parlant de choses et d'autres, certaines sans intérêt, certaines plus profondes. Genet fit son entrée alors que Juan évoquait son périple pour passer la frontière espagnole vers la France.

Il embrassa Monique sans prêter la moindre attention à Juan. Comme à son habitude, il alla directement vers la cuisine. Il débarquait souvent à l'improviste rue Poissonnière et raffolait de lentilles. Il y en avait toujours une pleine casserole qui l'attendait. Il s'en servit, comme s'il était chez lui, et s'assit avec son assiette dans la cuisine. Monique et Juan l'y rejoignirent, quittant le canapé du salon avec leur verre.

— Vous avez bien du rouge de rangé quelque part ? lui demanda Genet.

— Pour vous j'en ai toujours.

Elle ouvrit une bouteille. Genet en versa une lichette dans sa plâtrée de lentilles.

— Je fais chabrot !

Il n'avait pas jeté encore un seul regard à Juan, tétanisé. Il avait posé son verre sur le buffet, gigotait d'une jambe sur l'autre, croisait les doigts et souriait. Genet, une serviette attachée autour du cou, comme un enfant, avalait ses lentilles en soufflant avant chaque bouchée, pour éviter de se brûler. Juan finit par saisir son courage à deux mains et tenta d'exprimer l'honneur que c'était de rencontrer Genet, dont il avait lu tous les livres, qu'il tenait pour un écrivain hors pair. Il prit une grande respiration et il osa se lancer.

— Je suis...

Mais Genet le coupa dans son élan. Il planta ses deux yeux dans les siens, comme on jetterait un gant à la figure d'un homme qu'on convoque en duel, et l'interrompit en ces termes, d'un ton sévère :

— Vous êtes homo ?

Genet, à une époque où la loi française classait les homosexuels dans la même catégorie que les alcooliques, les toxicomanes, les proxénètes et les malades mentaux, assumait pleinement ce que les tribunaux auraient nommé sa *déviance*.

Il aimait à poser *ex abrupto* cette question, êtes-vous homo, à ceux qu'il rencontrait. Il faut imaginer Juan décontenancé, même déconfit. Il n'avait pas, quasiment, fermé l'œil de la nuit. Avant de venir chez Monique, il avait relu scrupuleusement tous les livres de Genet et parcouru aussi le gros pavé de Sartre consacré à son œuvre, pour ne pas risquer de sembler bête face à lui. Il ne fallait pas que celui qu'il tenait en estime le prenne pour un mondain qui prétendrait le connaître sans à peine l'avoir lu ou sans l'avoir compris.

Si le candidat de vingt-trois ans avait bien révisé, il sentit à ce moment qu'il était loin d'être prêt, pourtant, pour l'examen et que les choses n'allaient pas bien se passer. Stressé, il se mit à rougir, comme une pivoine, récupéra son verre sur le buffet, s'y accrocha pour se donner de la contenance et balbutia une réponse vague mais sincère :

— Non, je ne crois pas.

Il avait révisé tout Genet mais Genet s'en fichait qu'on lui parle de Genet. Juan frissonnait encore de ce regard méfiant, quasiment agressif que lui avait jeté l'Auteur à la figure. Il marqua un temps, chercha des yeux Monique, sa présence rassurante, Monique qui écoutait, attentive, mais restait silencieuse. Ce que lui demandait Genet à son sujet, lui-même en ignorait la réponse. Il expira alors un grand coup, puis, la voix tremblotante, tenta une autre stratégie, celle de la confidence.

— Puisque vous me demandez : mon grand-père m'a violé, enfant. Et j'ai eu quelquefois des sortes d'expériences, je veux dire, avec des hommes. Oui, ça m'est arrivé.

— Que voulez-vous que j'en foute ?

Il fallait se résigner : Juan s'était fait clairement éliminer. Genet, sec, odieux, sévère, rétorqua lapidaire que tout le monde en avait ou bien en avait eu des expériences homos, que ce n'était pas du tout le sens de sa question, que seuls lui importaient la vie rêvée, les fantasmes qui eux expriment des vérités sur les êtres. Ce qu'il faisait le soir de son corps sous la couette, avec un homme ou son grand-père, une femme ou une guenon, il n'en avait que faire ! Il n'adressa ensuite, de toute la soirée, ni un seul mot ni un regard au pauvre Juan, décomposé, qui se liquéfiait sur place.

Monique, tant bien que mal, à grand renfort de plaisanteries, d'une conversation douce et légère, tenta de remettre sur pied son invité encore sonné par l'uppercut décoché par Genet. Mais ce fut peine perdue et l'Espagnol partit avant même que l'on serve le fromage et le dessert, prétextant un rendez-vous, l'heure qui tournait, c'était tellement dommage, il fallait l'excuser…

Un ou deux jours plus tard, une façon pour Monique d'un peu consoler Juan fut de l'inviter non à dîner mais dans son lit. *L'hidalgo*, c'est ainsi que l'appellera Genet, le trouva confortable et s'installa rue Poissonnière avec elle et sa fille, Carole.

Il arrive quelquefois que le début d'une histoire ne laisse pas présager la suite du récit : Juan et Genet devinrent de grands amis. Juan fut même un des seuls avec qui, quelquefois, Genet parlait de ses textes.

C'était jour de congé pour Abdallah. Comme il devait laisser la chambre à Kitty et à Ahmed, la proposition de Diane de venir la retrouver tombait à point nommé.

Il ne l'avait pas revue depuis bientôt trois ans, depuis que Weyland avait eu un accident, en cinquante-deux, à Villemomble, sur la piste de l'Éclair-Circus. C'était un jour particulier car le spectacle était suivi d'une émission radiodiffusée en direct avec Bourvil.

Il y avait un monde fou sous la tente étoilée. Pour l'occasion, le programme avait été entièrement revu. Abdallah et Diane étaient passés en début de soirée. Weyland proposait son numéro de trapèze volant en clôture du spectacle, juste avant le fameux jeu des *Cent francs par seconde* présenté par Bourvil. Il commença par accomplir, avec sa femme, différentes passes acrobatiques où le corps de leur fille était propulsé des bras du père à ceux de la mère, d'un trapèze à un autre sous la lumière des projecteurs et les applaudissements. C'était une démonstration splendide de calligraphie dans les airs, où les artistes peignaient avec leur corps pour pinceau. Après une pause de quelques secondes, la famille s'apprêtait à réaliser la dernière figure du numéro.

Tous les trois étaient sur le même trapèze. La mère accrochée à l'agrès par les pieds, Weyland suspendu dans le vide, relié à sa femme par un appareil à cou tandis que leur fille était tenue d'une seule main par son père. Mais l'appareil qui tenait Weyland céda sans que son épouse ait même le temps de ramener les bras pour le retenir. Il tomba en chute libre de douze mètres de haut, parvenant dans un ultime réflexe à projeter sa fille, qui put se rouler en boule et atterrit au sol sur le ventre. Weyland, quant à lui, tomba sur le dos, après que son corps eut voyagé dans les airs comme celui d'un oiseau atteint d'un coup de fusil. Le mouvement provoqua une forte secousse dans toutes les poitrines. On retenait son souffle, le temps était arrêté.

On jugea la chute sans très grande gravité car le spectacle reprit rapidement. Alors que Bourvil, sous les applaudissements et les hourras du public, faisait son apparition sur la piste, Diane et Abdul, sortis en courant des coulisses, étaient agenouillés aux côtés de Weyland, tentant de l'aider à se relever. C'était en vain. Du sang coulait de ses oreilles. Son sourire se figea. Il était mort.

Après l'accident, Diane renonça au cirque, qui avait pris pour elle un visage meurtrier. Il lui était apparu que l'art ne valait pas la peine qu'on le paie de sa vie. Si le danger, un temps, avait pu l'exciter, maintenant si incarné, elle n'éprouvait pour lui plus qu'une sorte de dégoût. Abdallah, pour sa part, continua à se produire dans les cirques. Marqué, bien sûr, par le drame de Weyland, il n'avait cependant pas plus peur de la mort qu'avant son accident. Elle pouvait arriver, il le savait, à tout moment.

Avec le temps, Diane parviendrait à se consoler de cette disparition et deviendrait hôtesse de l'air. C'était une autre façon de voler, moins dangereuse que du haut d'un trapèze. D'escale à Paris pour quelques jours, elle contacta Abdul, pour qui elle avait tant d'affection chez Pinder.

Elle fixa le lieu de leur rendez-vous dans un café près de la Seine. Il n'était plus le petit garçon de douze ans de leur rencontre, ni l'adolescent de quinze à la mort de Weyland. C'était un beau jeune homme de dix-huit ans, qui n'avait pas perdu une once de gentillesse ni de délicatesse.

Ils se retrouvèrent comme s'ils s'étaient quittés la veille. Abdallah raconta la vie avec Ahmed, à Paris. Il lui donna des nouvelles de sa mère, qu'il allait voir souvent, dans son taudis. Avec beaucoup de tendresse, il parla aussi d'Erika, dont il était très amoureux. Sa beauté, son goût pour la mode, son caractère bien trempé.

Diane était heureuse de voir qu'Abdul, pour qui elle avait tant d'affection, allait si bien. De son côté, elle lui raconta ses voyages, grâce au métier d'hôtesse, du Japon aux États-Unis, en passant par Cuba ou les pays d'Afrique. Abdallah écoutait, tout comme il écoutait, enfant, les textes qu'elle lui lisait, fasciné.

Les deux heures passées ensemble avaient filé en un éclair. Diane ne pouvait tarder car, d'escale seulement pour quelques jours, elle avait groupé ses rendez-vous. Elle devait retrouver Olivier, son ami d'enfance, poète qu'elle n'avait jamais cessé d'aimer et dont elle récitait pour Abdallah des vers. Il organisait chez lui, rue de

Lille à Paris, une soirée, comme il en faisait souvent, avec d'autres poètes, des écrivains, des journalistes.

— Tu ne voudrais pas m'accompagner, Abdul ? Comme ça, je te le présenterai et on pourra continuer à discuter.

Abdallah ce soir-là n'avait rien de spécial à faire ni où aller. Il avait promis à Ahmed de lui laisser la chambre et il ne travaillait pas. Il hésita, cependant, à répondre *oui* à Diane. Comment se comporter au milieu de ces gens qui seraient si différents de lui ? De quoi parlerait-il, lui qui savait à peine lire ? L'idée ne l'enchantait guère. Diane, qui le connaissait parfaitement malgré les trois années sans le voir, devina le raisonnement qu'il se tenait en lui-même.

— Tu resteras avec moi ! Moi, je serai là, Abdul, je ne vais pas t'abandonner. Et ils ne sont pas méchants, au contraire, tu verras.

Il se laissa convaincre.

Dans son grand appartement du septième arrondissement, Olivier tenait salon, comme faisaient les comtesses, duchesses et vicomtesses des siècles plus anciens. Il faut s'imaginer une immense pièce centrale adossée au jardin, le tout en rez-de-chaussée. Au milieu, un grand lit chinois, une sorte de baldaquin recouvert de coussins en velours, totalement imprégnés par l'odeur du tabac. Derrière, des paravents laqués de Coromandel, splendides, donnant sur une bibliothèque, immense. Une moquette noire, un piano noir à queue, une fontaine noire ; un traîneau de bois vénitien trônait aussi dans la pièce. Sans parler des animaux, nombreux colocataires du palais d'Olivier : une petite levrette, des chats, un perroquet splendide mais misogyne (le Caporal Casse-Noix), des oiseaux dans des cages, un faucon, même, un scorpion dans son vivarium et une guenon que son maître adorait, qui s'appelait Ça-Ira. Chez Olivier, on était ici mais on était ailleurs. Un lieu qui ne ressemblait à aucun autre mais ressemblait par contre à Olivier : extravagant, exubérant et séduisant.

Olivier était tout ce qu'Abdallah n'était pas ; Diane les aimait tous deux, chacun à leur façon, pour des raisons différentes. Volubile, intarissable, confiant en ses capacités, précis dans le choix de ses mots, adoré de ses parents, Olivier vous éblouissait d'une lumière solaire. Abdallah rayonnait subtilement d'une lueur de lune, qui tardait à se montrer et qu'on pouvait ne pas voir, qui pouvait disparaître sur la pointe des pieds sans qu'on y prêtât garde. Discret, timide, il avait le charme intense de ceux qui disent peu, écoutent tout et dont la gentillesse, doublée de tendresse, parle pour eux.

Il fut, comme il l'avait craint, mal à son aise dans cette soirée où l'on brillait par son esprit, sa connaissance des lettres, son choix des mots plutôt que par sa bienveillance. Comme un animal qu'on lâcherait dans un musée, il observait, curieux et sur ses gardes, sans tout comprendre à ce qui se passait, exception faite d'une chose : sa place n'était pas là. On le questionna sur ses lectures. Il dut botter en touche, un peu maladroitement, sans dire qu'il ne savait pas, ou à peine, déchiffrer les pages d'un livre. De la littérature, il ne connaissait qu'une chose : les poèmes que Diane lui récitait dans sa caravane sans qu'il les comprenne, quand il était enfant.

— Certains de ceux que je te disais étaient de Cocteau.

Eh bien, tu vois, c'est lui, là-bas, qui fume la pipe auprès du lit, avec Olivier.

Diane s'approcha d'Olivier, allongé sur le lit. Avant même qu'elle n'ait le temps de lui présenter Abdul, il lui saisit la main, y déposa un baiser et la supplia, comme un enfant fait un caprice, de lui lire un conte du livre *Les Mille et Une Nuits*, qu'il tenait à la main. Elle répondit par un bon mot qui fit pouffer Cocteau, puis en Shéhérazade elle s'assit, sur le rebord du lit, pour lire son conte au sultan Olivier.

Abdallah s'était éloigné et regardait faire Diane. À part elle, il ne connaissait personne ; il se sentait perdu dans son pantalon vert, sa veste rouge trop large pour lui, qu'il avait trouvée sur un banc, et sa chemise d'un blanc douteux. Pour ne rien laisser paraître de son désarroi, il s'approcha du buffet où on servait du champagne à flots. C'était la première fois qu'il en buvait. Ensuite, pour se donner de la contenance, il alluma une cigarette, qu'il fuma dans l'embrasure de la fenêtre, un pied dans le jardin et un œil sur Diane. Il fut rejoint là par un homme d'une quarantaine d'années qui s'appelait Jean, qui lui demanda du feu. En croisant son regard un peu plus tôt dans la soirée, il lui avait souri, déjà. Il sembla même à Abdallah qu'il lui avait fait un clin d'œil.

Jean de toute évidence était différent des autres convives. Il parlait avec simplicité. Abdallah comprenait parfaitement ce qu'il disait et ne devait pas chercher des parades pour cacher son inculture car Jean, contrairement à ceux qui l'avaient abordé près du buffet, ne parlait pas de livres mais de tout et de rien. Il devait lui aussi venir d'un autre monde que celui des brillants, des Parisiens, des intellectuels. Les amis d'Olivier. Peut-être même, se dit Abdallah, Jean n'était-il pas lettré, lui non plus. Mais il était bavard, en tous les cas, curieux et drôle.

— Tu es Syrien ?

C'est la première question qu'il lui posa. Abdallah sourit.

— Non je suis Algérien. Mon père est Algérien. Mais pourquoi tu croyais que je serais Syrien ? demanda Abdallah, amusé de cette remarque.

— À cause de ce que tu portes, répondit Jean. On te croirait déguisé en drapeau syrien ! Le noir de tes chaussures, le rouge de ta veste, le blanc de ta chemise et puis le vert du pantalon, tout y est, il ne manque rien. Enfin si : il me manque ton prénom.

— Abdallah.

— Abdallah.

Jean répéta son nom, comme pour en savourer chaque sonorité, pour mieux s'en imprégner.

— Ton père, dont tu parlais, il est en Algérie ou bien il est en France ?

La question se posait d'autant plus que la guerre, qu'on n'appelait pas encore *guerre*, on parlait d'*événements*, venait de commencer en Algérie.

— Mon père, il est mort quand j'avais neuf ans. Il m'a pas bien connu.

— Et t'as quel âge, maintenant ?

— Dix-huit.

— Ah tiens, à dix-huit ans, moi j'étais amoureux justement d'un Syrien...

Jean raconta alors qu'il avait vécu en Syrie, qu'il y était tombé sous le charme d'un coiffeur de Damas, qui n'avait que seize ans. Tout le monde dans la rue se doutait qu'il l'aimait, on se moquait de lui.

C'était étrange pour Abdallah. C'est donc que Jean était... Il ne trouva d'autre mot, en français, que *pédé* pour dire d'un homme qu'il aime les hommes. Il savait bien que la chose existait mais il n'avait jamais encore croisé aucun de ces êtres. Il ne semblait pas si différent des autres. Mais c'était *haram*, interdit par le Coran de faire entre garçons ce qu'on fait avec une fille.

Abdallah n'était pas croyant. Il faisait le ramadan, avec Ahmed, mais sa pratique religieuse s'arrêtait là. Et c'était une pratique qui n'était pas tellement, dans le fond, très religieuse mais plutôt culturelle, héritée de son père et de la troupe des sauteurs, où il avait grandi. On jeûnait tous un mois. Le reste du temps, Abdallah buvait de l'alcool, mangeait du porc et ne faisait que rarement, très rarement, la prière.

Jean retrouva les quelques mots d'arabe, en dialectal syrien, dont il se souvenait et en glissa plusieurs dans la conversation. Il redit plusieurs fois, et très explicitement, qu'il aimait les garçons.

— Pas les pédés mais les garçons, précisa-t-il, peut-être parce qu'Abdallah, en répondant à l'une ou l'autre de ses questions, mentionna Erika.

Le jeune Abdallah ne fut pas certain de bien comprendre cette distinction.

Jean avait beaucoup de conversation. Il avait eu une vie des plus remplies. Il raconta à Abdallah qu'il connaissait la prison, parce qu'il avait volé. Qu'adolescent, lorsqu'il avait quinze ans, il avait été placé dans un autre type de cellules encore, celles d'un hôpital. Tous les jours, le malade de la chambre à côté lui faisait envoyer un bonbon, par les soins de l'infirmière. Il se demandait bien qui cela pouvait être et il finit un jour, tout de même, par le rencontrer :

— Il te ressemblait d'ailleurs, Abdallah. Lui aussi un beau nom et une belle gueule d'Arabe. En plus d'être généreux, il était tellement beau que moi, je me suis dit : ça ne peut être que Dieu, en personne !

Abdallah sourit, avant que Jean ne reprenne :

— Et quant à la prison, puisque tu veux savoir, on a bien moins peur d'elle lorsqu'on y est allé. Sais-tu pourquoi on m'y a coffré, la dernière fois ?

— Non.

— À ton avis ?

— Je ne sais pas.

— Parce que j'avais volé un livre, dans le quartier de l'Opéra.

C'est donc qu'il savait lire, se dit Abdallah.

Jean parlait de choses et d'autres, se racontait au jeune garçon. Il évoqua le fait de n'habiter nulle part, seulement dans des hôtels, les hôtels près des gares : ma vraie patrie, c'est n'importe quelle gare, dit-il, avant de préciser, sourire au coin des lèvres, que parfois encore il arrivait qu'il vole. Abdallah écoutait.

Qui pouvait être ce type, quel était son métier et qu'est-ce qu'il faisait là ? Abdallah comptait bien le demander à Jean mais Diane, qu'il avait lâchée des yeux, arriva auprès d'eux et vint le saluer : elle le connaissait donc ?

Elle apprit à Abdul qu'il était écrivain, un très grand écrivain qui s'appelait *Genet.* Un nom qu'encore jamais il n'avait entendu, qui ne le quitterait plus.

Genet était à quelques pas du Café de Flore, pour y retrouver Juan et Monique. Il était tombé nez à nez avec Olivier, qui arrivait à grandes enjambées en sens inverse, sur le boulevard Saint-Germain.

Il l'avait rencontré durant la Seconde Guerre, à Paris, quand Olivier n'avait que seize ans. Ce Mallarmé adolescent, magnifique, angélique, aux blonds cheveux bouclés, lui avait lu plusieurs poèmes qu'il avait composés. Genet, en l'écoutant, avait fondu en larmes, qu'il dut essuyer sur ses joues. Il avait supplié Olivier aux yeux dessinés en amande, au visage pétillant de vivacité, d'intelligence, de drôlerie, de les lui répéter pour qu'il puisse les noter et tous se les rappeler. Il les avait écrits sur une nappe en papier.

Le mauvais garçon de la littérature savait se comporter en charmeur, avec ses yeux rieurs, sa manière de parler en pesant chaque mot, les choisissant toujours avec justesse. Il encouragea Olivier à poursuivre sa quête, sa recherche, avec exigence et détermination, répétant partout, à qui voulait l'entendre, qu'il était le plus grand poète de l'époque. Genet réussit à convaincre Cocteau de le publier.

Après la guerre, il prit ses distances avec Olivier. Un froid s'installa entre eux. Quand il le croisa sur le boulevard, ils ne s'étaient pas revus depuis plusieurs années. C'était de ces moments où la gêne gagne, quand deux êtres se sont trop aimés, trop appréciés pour pouvoir accepter la banalité d'une conversation fade, sans savoir l'éviter. Olivier coupa court, prétextant qu'il avait un rendez-vous urgent pour lequel, déjà, il était en retard. Il suggéra cependant que Jean vienne rue de Lille, pour une soirée qu'il organisait, où il y aurait Cocteau, Picasso et Giacometti, Terzieff aussi.

Genet ne ferma pas la porte tout à fait mais par pure politesse. Il n'avait nullement l'intention d'y aller.

— Pourquoi ? demandèrent en chœur Juan et Monique, qu'il venait de rejoindre au Café de Flore.

Olivier n'était plus le jeune garçon fauché qu'il avait bien connu et beaucoup apprécié. Il avait fait un héritage, un très gros héritage, et avait changé de vie, de train de vie tout du moins. Il s'était empressé d'acheter ce grand appartement bourgeois, rue de Lille, à Paris. Un étalage de richesse qui n'était pas du goût de Genet, comme il l'expliqua à ses amis dans le café. Sans parler, ajouta-t-il, de la drogue, omniprésente dans l'atmosphère. L'appartement baignait dans une odeur d'opium, qu'on fumait à la pipe. Genet ne supportait pas de voir ce garçon délicieux, si beau, et les autres du même âge se détruire le cerveau. Il ne pouvait s'empêcher de leur faire la morale, mais c'était peine perdue et on disait de lui, certes avec affection mais avec conviction, qu'il n'était qu'un *vieux con* et ferait mieux d'essayer.

Genet cessa de voir Olivier, devenu à ses yeux une sorte

de dandy, prétentieux et camé. Il coupa les ponts avec ce monde friqué, débectant, qu'Olivier désormais incarnait. C'est tout du moins ce qu'il prétendit à Juan et à Monique, pour justifier de ne pas répondre à son invitation. C'était la vérité. Une part de vérité.

Ce que Genet taisait c'était une autre part, une vérité plus secrète et plus profonde. C'était le fait que ce salon bourgeois de la rue de Lille, empli d'artistes et de lettrés, lui renvoyait de lui un reflet inquiétant, qu'il ne supportait pas. Le renvoyait à toutes ses incapacités, ses doutes, ses peurs et son angoisse foncière de ne plus savoir écrire.

Il avait été adulé par Sartre et par Cocteau. Grâce à eux, à leur enthousiasme, à leur amitié, à leur aide, il était sorti de prison et s'était vu gracié par le président de toutes ses peines. Surtout, il avait été propulsé à l'avant de la scène, sous le feu des projecteurs, devenant la coqueluche littéraire de Paris.

Mais ce qu'on ignorait, c'est qu'il n'écrivait plus, désormais, une seule ligne, quoi que ce soit de potable à ses yeux. Rien. Non, rien depuis six ans et c'était la raison qui lui avait fait fuir le salon d'Olivier. Il était excédé par ces gens qui publiaient sans relâche, qui grattaient le papier, qui créaient quand lui, Genet, ne s'en sentait plus capable. Célébré de toutes parts, il n'était plus nulle part et se sentait à la fois minable et rétréci, bloqué, stérile, honteux.

Sans parler de l'amour et de ses déceptions, qui lui sapait le moral et sa confiance en lui. Il sortait d'une histoire avec un beau Romain qui s'appelait Decimo, bien plus jeune que lui, dixième d'une famille pauvre. Une de ces histoires où l'on est amoureux quand l'autre ne l'est pas, la seule histoire d'amour, dans la vie de Genet, où il ne serait pas celui qui s'éloigne, qui vous laisse, qui vous quitte, celui qui vous fait mal, mais celui que l'on plaque.

Il se laissa tout de même convaincre par Monique et Juan de se rendre à cette soirée. Il arrive quelquefois, en allant quelque part en traînant la patte, que l'on aille sans le savoir vers l'endroit où la vie gagne en intensité et va s'accélérer, repartir du bon pied. Ce fut le cas pour Genet ce soir-là.

Il partit assez tôt de cette soirée, quelques minutes après que Diane avait interrompu son échange avec Abdallah.

Il avait été séduit, d'emblée, par ce garçon de dix-huit ans quand lui en avait quarante-quatre. Par son œil d'une malice et d'une gentillesse qui étaient extraordinaires et par l'éclat de son sourire. Il n'était pas très grand, de la taille à peu près de Genet, un visage tendre, des traits fins, le cheveu court, une voix douce, très attentif, discret. Selon la manière de le considérer, on pouvait lui trouver un air fort masculin ou presque féminin. On sentait très intensément, dans la profondeur de son regard, une fragilité qui se donnait les apparences de la force, à peine cachée dans ces yeux sombres qui semblaient s'excuser, toujours, à l'idée de, peut-être, vous déranger. Un corps légèrement voûté, qui d'évidence avait souffert, porté des charges lourdes, peut-être été frappé et qui donnait à Abdallah un air de beauté brute enveloppée d'une veste trop grande et mal portée.

En parlant avec lui, chez Olivier, Genet s'était senti pataud, voire ridicule. Lui demander du feu, un briquet, passait encore pour établir le contact, mais ne pas cesser de parler et de raconter sa vie, pour évoquer le vol, la Syrie, la prison et la pédérastie ! Abdallah avait dû le trouver prétentieux à se raconter ainsi dans un long monologue, ou bien être saoulé par ces évocations qu'il n'avait pas demandées. Quel imbécile il faisait. D'autant que lui, du coup, ne savait quasiment rien de ce garçon mis à part qu'il portait le beau nom d'Abdallah.

Avant de s'en aller, Genet avait suggéré qu'ils se retrouvent, Abdallah et lui, le lendemain. Le jeune homme n'avait pas décliné cette proposition et rendez-vous fut pris pour un café près de Pigalle. Un troquet populaire où Genet avait ses habitudes, agréable, vivant.

Ils y passèrent ensemble trois heures.

Genet voulait connaître Abdallah, savoir d'où il venait, s'il avait des frères, des sœurs, là où vivait sa mère, s'il retournait souvent, encore, en Algérie, s'il était croyant, s'il faisait la prière, s'il buvait de l'alcool, d'où il connaissait Diane, ce qu'il faisait au cirque, depuis quand il sortait avec cette Erika dont il avait parlé. Il écoutait, questionnait, demandait des précisions, reformulait parfois pour être sûr de comprendre. Si Abdallah parlait avec parcimonie, du moins répondait-il toujours très volontiers aux questions de Genet ainsi qu'à ses demandes. Rencontrer sa mère ? Il la lui présenterait dans les tout prochains jours, le ferait venir chez elle dans l'espèce de taudis, en banlieue de Paris, où elle était logée. Sa petite amie ? Ils mangèrent tous les trois, un midi. Genet la trouva insupportable, superficielle, matérialiste, sans parler de sa voix criarde. Lorsqu'elle s'éclipsa pour aller aux toilettes et se remaquiller, il sortit de sa poche une liasse de billets qu'il tendit en direction d'Abdallah :

— C'est pour te payer une chambre, que tu puisses la sauter sans déranger Ahmed.

Abdallah refusa et renvoya la liasse à son expéditeur, d'un geste de la main. Mais Genet la jeta adroitement sur les genoux du garçon, alors qu'Erika revenait prendre place.

— Je ne te demande pas ton avis, je te demande de l'accepter.

Il sourit à Genet et glissa les billets dans la poche de sa veste.

— Merci, Jean.

Il accepta aussi de lui présenter Ahmed. Genet eut tout de suite pour lui de la sympathie, même, de l'amitié. Comme Abdallah, Ahmed venait de la poussière, de la pauvreté, c'était un enfant du mépris et Genet aimait la poussière. Surtout, il était l'ami d'Abdallah, son ami le plus proche. Tout ce qui pouvait le toucher, de près ou bien de loin, intéressait Genet.

Il aimait particulièrement les entendre évoquer leur vie au cirque. Il leur faisait part de sa grande admiration pour ces pratiques des plus acrobatiques, vestiges d'un âge fabuleux, une des rares formes d'art transformant la poussière en une poudre d'or. Ils évoquèrent aussi, et à plusieurs reprises, Weyland, leur amitié pour lui et cette fin tragique qu'il avait connue à Villemomble. Genet parlait d'une voix dont le débit s'accélérait, comme un rythme cardiaque, pour évoquer cette danse que mènent les circassiens toujours avec la mort, leur manière de flirter avec elle en permanence, de s'y frotter, de la draguer, pour mieux ensuite la dominer. C'était là un des points qui fascinaient Genet : la prise de risque au cirque, le risque de mourir.

Après quelque temps à se voir cinq, six fois la semaine, ce fut dans un café, en présence justement d'Ahmed, que Genet pour la première fois posa sa main sur la cuisse d'Abdallah.

Cette main sur sa cuisse provoqua en lui des sentiments confus. Chaude à travers l'étoffe, c'était le trouble et le vertige. Abdallah ne réagit pas. Non parce qu'il appréciait cette main sur sa jambe, il la sentait plutôt comme une tique sur sa peau, mais à la fois par ignorance et par surprise. Il ne s'attendait pas le moins du monde à ce geste et ne savait qu'en faire. Il avait peur de ne pas bien le comprendre, peur d'être ridicule et ne voulait ni attirer l'attention dessus ni blesser Genet.

Peut-être craignait-il aussi, s'il réagissait, de perdre quelque chose à son commencement, qui lui plaisait et promettait d'être beau.

Tout le monde fit comme si de rien n'était et l'on continua, tranquillement, à parler. Genet questionna les deux garçons sur leurs rêves et leurs ambitions.

— Toi, Ahmed, par exemple, tu voudrais que le monde te célèbre comme quoi : comme clown, comme jongleur ? Si tu avais le choix. Dompteur de lions ? Comme acrobate ?

Ahmed savait précisément ce qui le faisait rêver. Il répondit sans hésiter :

— Je voudrais qu'on me célèbre pour la voltige à cheval, j'aimerais faire un duo avec une écuyère.

— Ha, t'envoyer en l'air avec une écuyère…

Ils rirent tous les trois.

— Et Abdallah, tu voudrais quoi ?

Abdallah ne savait pas. Il n'avait pas spécialement d'ambition ou, plutôt, il s'était interdit depuis longtemps d'en avoir. Il ne voyait pas bien l'intérêt de se projeter en rêve vers un avenir qu'il serait impossible d'atteindre. Car il était, il le savait, du côté des moins forts. Il avait contre lui tout ce qu'il n'était pas.

C'est pourquoi Abdallah n'avait pas réfléchi à ce qu'il pourrait répondre aux questions d'un génie qui lui dirait *mon grand, allez, fais donc un vœu.* Il prenait simplement les choses comme elles venaient, il avait appris à s'en contenter.

— Je sais pas, dit-il humblement, avec son sourire généreux.

— Moi, reprit Genet en caressant de la main la cuisse gauche d'Abdallah qu'il n'avait pas quittée, quand je devais avoir une vingtaine d'années, j'étais en garnison et j'ai vu à Marseille une grande artiste allemande : Camilla Meyer. Elle était funambule, elle a fait sur son fil toutes sortes d'acrobaties que je me rappelle encore. C'était sur le Vieux-Port, en plein milieu de la nuit et sous des projecteurs, à trente mètres du sol. Personne n'osait regarder, de peur de la voir chuter.

— Toi, qu'est-ce que tu faisais ? demanda Abdallah.

— Je la fixais, répondit Genet. J'étais le seul à le faire dans la foule et je sentais que, si je la quittais des yeux, elle aurait pu tomber, mourir. Elle avait besoin de moi pour pouvoir avancer, je devais l'encourager, je devais la soutenir. J'avais vis-à-vis d'elle une grande responsabilité, comme si j'étais le seul, dans la foule à Marseille, sur qui il lui était possible de s'appuyer.

Abdallah écoutait, attentivement.

— Toi, tu n'aimerais pas, Abdallah, marcher sur un fil à dix mètres du sol ?

— Je sais pas, pourquoi pas.

Abdallah eût aimé que Genet puisse sentir à son égard cette sorte d'admiration qu'il éprouvait pour lui depuis plusieurs semaines, depuis sa rencontre avec lui. Il comprit tout à coup qu'il y avait peut-être là comme une porte d'entrée, alors il se reprit :

— Si, je crois, j'aimerais bien devenir un funambule.

— Et moi, je crois que tu peux le devenir si tu veux, lui répondit Genet. Je le sais, même, que tu le peux. Parce que c'est comme tout le reste : il suffit de s'en donner les moyens.

Il retira sa main de la cuisse d'Abdallah et alla vers le bar pour régler l'addition.

En sortant du café, Genet semblait danser.

Genet était de ces hommes qui aiment les hommes qui aiment les femmes. Monique était de ces femmes qui aiment les hommes qui aiment les hommes.

Sans doute cela expliquait-il, en partie, son attirance pour Genet. Peut-être aussi, bien qu'elle ne se l'avouât pas, pour Juan.

Son amour pour Abdallah, c'était autre chose. Un amour plus maternel, une envie féroce de le protéger, une complicité, rapidement renforcée par l'amour qu'ils portaient tous les deux à Genet.

Ils s'étaient rencontrés un jour ou deux après le premier café partagé, à Pigalle, avec Genet. Monique aimait les gens et on aimait l'aimer. Tout de suite elle adora le jeune Abdallah. Sa grande délicatesse, ses doutes, sa gentillesse et son humilité, tout cela la touchait. Elle devint pour lui comme une seconde mère, offrant à Abdallah tout ce que sa vraie mère savait trop mal donner : de l'attention, de la douceur, de l'amour inconditionnel, à nouveau de la douceur et encore de l'amour et tant de choses aussi.

Il avait les clefs de chez elle, il pouvait débarquer,

quand il voulait, rue Poissonnière, au numéro trente-trois. Abdallah prenait soin, pourtant, chaque fois, de sonner.

— Abdallah je t'ai dit, tu n'as pas besoin de sonner : tu es ici chez toi !

Que de fois Monique prononça-t-elle cette phrase, avec un ton de délicieux reproche. Elle le reconnaissait à sa façon de sonner et jubilait en traversant le couloir pour lui ouvrir la porte. Il avait sa propre chambre dans l'appartement. Du moins la chambre d'amis était souvent nommée *la chambre d'Abdallah* lorsqu'elle la désignait à Juan ou à sa fille, Carole, ou aux jeunes Espagnols logés rue Poissonnière, souvent des étudiants, qui comme Juan avaient fui Barcelone et le franquisme.

Abdallah très souvent, durant l'après-midi, passait du temps avec Monique. Il l'accompagnait faire les commissions de Genet : acheter des cartouches de gitanes, passer chez son agent, Bernard, qui gérait son argent, racheter du Nembutal – son somnifère – en quantités faramineuses. Elle se fournissait rue Poissonnière chez Flabiline, le pharmacien. Une voix haut perchée, des allures de folle, un rire suraigu et des colères feintes qu'il piquait en blouse blanche.

— On ne m'y reprendra plus, assurait Flabiline. C'est la toute dernière boîte de Nembutal pour vous. Après ce sera fini et votre « zigoto » – comme il appelait Genet – n'aura qu'à se fournir chez un autre dealer.

Monique et Abdallah écoutaient la tirade du pharmacien en se souriant l'un l'autre, en spectateurs complices.

— Vous pourrez me demander, vous pourrez me faire chanter, on ne m'y reprendra plus, répétait Flabiline, détachant chaque syllabe comme pour mieux marteler sa fausse sévérité.

Flabiline semblait croire à ses propres affirmations qui, dès la semaine suivante, se voyaient démenties puisqu'il leur remettait, à nouveau, des boîtes de Nembutal.

Ce fut avec Monique, aussi, qu'Abdallah pour la première fois entra dans un théâtre. C'était pour voir une pièce entièrement dansée, écrite par Cocteau : *Le Jeune Homme et la Mort.* Abdallah fut époustouflé. Sans aucune parole, cela vous racontait toute une histoire : celle d'un peintre amoureux fou d'une femme, qui le dédaigne au point qu'il finit par se suicider.

Abdallah, s'il apprécia la pièce, ne trouva pas vraisemblable, en revanche, qu'on mette fin à ses jours pour une histoire d'amour. Il n'osa pas le dire à Nathalie, la danseuse du spectacle, que connaissait Monique et avec qui, à proximité du théâtre, ils burent un verre après la représentation. Il confia cependant sa remarque à Monique.

— Tu sais, Abdallah quand on aime, parfois..., lui répondit-elle.

Ce détail mis à part, la danse, les mouvements du corps, la beauté des décors... tout le reste avait plu, beaucoup, à Abdallah, l'avait même fasciné. C'était comme un rideau qu'avait tiré Monique sur un tout autre monde.

Quand le soir, parfois, elle sortait avec Juan, il arrivait aussi qu'Abdallah garde Carole, d'autant que, désormais, il ne travaillait plus toutes les nuits à l'hôtel. À leur retour, Monique et Abdallah discutaient longuement, une tisane à la main, de choses ainsi que d'autres. Elle évoquait avec lui ses jeunes années en Indochine, de douze à dix-sept ans. Sa mère, qui se bourrait d'opium, sa grand-mère, qu'elle adorait, son grand-père, qui s'était suicidé et de la mort duquel elle se sentait coupable. Abdallah écoutait, attentif, bienveillant. Il parlait peu, et ses mots, quand il parlait, avaient un poids d'autant plus grand :

— Il ne faut pas se sentir responsable, Monique, quand on ne l'est pas.

Monique savait créer le climat propice aux confidences ; Abdallah lui confiait ce qu'il n'avait osé dire à personne, en toute simplicité. Il évoquait avec elle la sorte de rancœur gardée contre son père, ou bien la honte qu'il éprouvait, enfant, d'avoir une mère handicapée, honte dont il avait honte, dorénavant. Et il parlait aussi de Genet.

Après la main de Genet sur sa cuisse, il y eut la main de Genet dans sa main, puis les lèvres de Genet sur ses lèvres. En quelques semaines à peine, ils étaient devenus amants. Abdallah s'installa avec lui dans un petit deux-pièces du quartier de Montparnasse, acheté par Genet et recouvert de moquette sur le sol et les murs, une moquette marron imprégnée de l'odeur du tabac.

— Est-ce que tu crois, Monique, que ce que je fais c'est mal ? lui demanda Abdallah, un soir.

On ne choisit jamais au hasard ceux vers qui l'on se tourne pour demander conseil. On leur demande conseil parce qu'on a l'intuition qu'ils nous diront, peut-être, ce que l'on souhaite entendre.

En choisissant Monique, Abdallah avant tout voulait être rassuré et il le fut.

— Bien sûr que non, que ce n'est pas mal, mon Abdallah !

Il lui sourit.

— J'imagine que tout ça… ça fait pour toi beaucoup, beaucoup de choses d'un coup, de choses nouvelles.

Comment tu te sens, dis-moi ? C'est ça qui compte, comment tu te sens ?

— Je me sens… Oui, c'est nouveau… Je me sens bien avec Jean. Il est très gentil avec moi. Je suis bien avec lui mais les autres, quand même, qu'est-ce qu'ils disent tous de moi ?

— Quels autres ?

— Les gens, tout le monde, à part Juan, à part toi.

— Qu'est-ce que tu veux qu'ils disent ?

— Que… C'est mal d'être deux garçons… et j'irai à l'enfer.

— Et tu les crois, toi, s'ils disent ça ?

Abdallah marqua un temps avant de répondre.

— Je sais pas si c'est vrai.

— Moi je crois surtout qu'ils disent n'importe quoi. C'est de l'amour entre vous, c'est tout l'inverse du mal. Tu sais, mon Abdallah, quand j'ai rencontré Jean, à cette époque ma mère disait sur moi des choses horribles. Que j'étais une honte pour elle, qu'il fallait que je vive autrement… Je l'ai pas écoutée. Toi, tu crois que j'aurais dû écouter ce qu'elle disait ?

— Non, parce que toi, c'est tout très bien tout ce que tu fais.

— Je me suis fait avorter, après j'ai eu Carole avec un homme qui avait tout juste dix-neuf ans et que je n'aimais pas, dont je me suis séparée. Il y a plein de gens alors qui disaient sur moi des choses ignobles. Je ne les ai pas écoutés. Tu crois que j'aurais dû ?

— Non.

— Bon ben voilà, toi non plus, ne les écoute pas. N'écoute que toi, toujours, que toi, mon Abdallah.

Il sourit, visiblement convaincu par la démonstration.

— Mais par contre Erika, je sais pas très bien comment lui expliquer.

— Et tu l'aimes, Erika ?

— Oui, elle, je l'aime. C'est sûr, précisa Abdallah sans hésiter.

Monique cachait du mieux qu'elle le pouvait ce qu'elle pensait de la jeune Grecque. Tout comme Genet, elle la trouvait superficielle, matérialiste, à minauder sans cesse, bien peu intéressante. Tout le contraire d'Abdallah qui était *un cœur d'or*, comme elle disait souvent. Mais elle tentait, toujours, de tout comprendre et elle y parvenait souvent, sans jamais rien juger. C'était pour Abdallah un bonheur de pouvoir échanger avec elle.

Ensemble, ils rirent des mensonges soutenus par le garçon à sa petite amie. Il lui avait présenté Genet, dans un premier temps, comme une vieille connaissance qu'il avait retrouvée. Ensuite ce fut son protecteur, quelqu'un qui simplement voulait un peu l'aider, puis désormais c'était son colocataire.

Ce n'étaient pas tout à fait des mensonges, ou alors seulement par omission. Abdallah aurait été bien en mal de dire clairement ce qu'était Genet pour lui.

Si Genet, lui, ne s'embarrassait pas à définir ses relations – il se contentait de les vivre, pleinement –, il n'était pas exempt de doutes.

Abdallah était jeune, beau. Que pouvait-il ressentir devant son corps de quarante ans passés qui avait perdu tout peps et tout tonus ? Pouvait-il le désirer un tant soit peu ? Genet tentait de s'en convaincre en se répétant qu'un jeune Arabe n'avait pas honte, pas comme un jeune Européen, d'un vieux visage ou d'un vieux corps. Dans le monde musulman on ne méprise pas les vieux ; la vieillesse y revêt une tout autre valeur, par-delà la laideur.

Était-il laid, Genet ? Il ne s'était en tout cas jamais trouvé beau et se sentait parfois repoussant et hideux.

Il avait de l'esprit, certes. Comme une petite revanche sur ce corps flasque qu'il habitait, et il avait écrit des livres. Était-ce suffisant pour un peu s'accepter ? Pas tous les jours. Mais avec Abdallah qui serait funambule, par lui, avec lui et en lui, Genet dépasserait son corps et ses limites, danserait sur les hauteurs. Depuis leur conversation au café, il ne cessait de répéter, à qui voulait l'entendre, que bientôt Abdallah marcherait sur un fil et qu'on l'applaudirait, on se l'arracherait aux quatre coins du monde.

Genet avait fait sien le rêve du jeune garçon. À moins que ce ne fût l'inverse. Mais après tout, cela importait peu : il avait un nouveau projet et se sentait revivre. Lui qui ne créait plus depuis plusieurs années, après sa rencontre avec Abdallah, se mit à écrire non pas un, non pas deux, mais trois textes à la fois : *Le Balcon*, *Les Paravents* et *Les Nègres*. Après la poésie et après le roman, il reviendrait par le théâtre dans l'arène. C'était une façon, à quarante ans passés, connu et reconnu, de se réinventer. Abdallah en était une autre. Dans aucun des deux cas, Genet ne ferait les choses à moitié.

Il travaillait furieusement, avec l'acharnement du fou qui continue d'écrire jusqu'à l'épuisement. Après manger, le soir, pour lutter contre la fatigue, il prenait des amphétamines puis passait toute la nuit à noircir du papier. À l'aube ensuite, il avalait quelques cachets de Nembutal pour trouver le sommeil. Il s'endormait alors avec son mégot à la bouche ; la couverture brûlait tous les jours davantage. Lorsqu'il se réveillait, Abdallah rentrait de l'entraînement.

Abdallah savait à peine lire. Il n'avait jamais entendu parler de Baudelaire, Nerval, Rimbaud, Mallarmé ou Ronsard, les compagnons de Genet, chacun à leur façon, ni feint de les connaître. Il écrivait d'une écriture d'enfant, laborieusement, phonétiquement. Il savait à peine lire, et alors ? Genet n'y voyait pas un défaut, au contraire. Il n'y avait pas, ainsi, de parasitage, pas de court-circuit, de faux-semblants, de poses prises comme on a si souvent parmi tous ceux qui lisent, disent et calculent sans cesse. Il avait de l'enfant l'absence d'arrière-pensées, la curiosité. De l'adulte, l'attention prêtée aux autres, l'empathie, la pudeur.

Ce rêve commun inspira à Genet l'un de ses plus beaux textes, *Le Funambule*, un poème en prose qui est tout à la fois une lettre d'amour, tendre et très délicate, écrite à son amant, un portrait d'Abdallah ainsi qu'une réflexion sur l'art.

Tel un mystagogue des temps reculés, Genet y invite le jeune homme vers ce qu'il pourrait devenir. Persuadé qu'Abdallah peut briller, il l'encourage à poursuivre dans son art sans relâche, dans cette quête, pour se réaliser, se révéler à lui-même. C'est là l'enjeu de tout art.

> Chacun de nous doit tendre à cela : tâcher d'apparaître à soi-même dans son apothéose.

Mais le funambule, pour l'heure, n'était pas funambule, pas encore.

Il savait bien jongler, il était acrobate, savait faire des saltos et des sauts périlleux et savait même déjà bien marcher sur le fil. Mais il ne dansait pas. Cela n'était pas tellement plus compliqué, il le reconnaissait, de marcher sur un fil que de marcher sur le sol. Marcher, tout le monde le pouvait. En revanche, danser, marcher les yeux fermés avec un balancier lourd de quatorze kilos, faire le saut périlleux, envoûter le public à six mètres du sol sur un fil qui n'était pas plus gros qu'un doigt, c'était là l'élégance, la force, la beauté, l'obsession de tous les funambules.

Il en deviendrait un, Genet le savait. Il en était persuadé. Abdallah pour cela s'entraînait avec obstination. Il s'était procuré un long câble en acier et le tendait tous les jours dans les parcs à Paris entre des arbres. En seulement trois semaines, il avait fait déjà des progrès remarquables et surmonté bien des obstacles.

Le premier d'entre eux fut d'habituer son corps à la matière du fil. Car quand on passe une heure, ou deux ou trois ou cinq à marcher sur le câble, en chaussettes ou pieds nus, il devient pour le pied comme la lame d'un couteau ou la flamme d'un briquet. Pour dompter la douleur, il eut d'abord recours à des bandages, pour éviter que sa peau ne soit trop arrachée ou recouverte d'ampoules. C'était un pis-aller. Abdallah dérapait, la gaze faisait glisser et, pour peu qu'il pleuve, cela devenait très vite comme du papier mâché, une sorte de bouillie qui se désagrégeait. Genet lui trouva des souliers adaptés : des chaussons de danse en cuir, chaussons tout à la fois très légers et robustes, solides, qui lui maintenaient les pieds ainsi que les chevilles. Les risques d'entorse se trouvaient limités et ce premier obstacle fut très vite oublié.

En quelques jours à peine, tout le corps d'Abdallah s'habitua à vivre en compagnie du fil, à fréquenter l'acier. C'était comme s'ils devaient s'apprivoiser l'un l'autre, comme deux ouvriers en équipe à la chaîne qui ne se connaîtraient pas encore suffisamment pour bien se faire confiance, parfaitement agencer leurs gestes dans leur travail.

Les muscles d'Abdallah s'endurcirent, son pied changea d'allure, se creusa d'un sillon qui s'était dessiné du talon jusqu'aux ongles pour épouser la forme exacte du fil d'acier. C'était probablement un rite initiatique, une marque de confiance, un serment que passait l'homme avec la matière, l'artiste avec l'agrès, une scarification endurée par le corps, preuve qu'il était prêt à payer de sa personne pour se voir initié à cet art de la corde.

Abdallah ne sentit bientôt plus la douleur. Il éprouvait souvent même un désagrément à marcher sur le sol, comme si le fil alors se rappelait à lui et lui faisait payer son infidélité, lui signifiait ainsi qu'il se sentait trahi, par lui abandonné.

L'abandon cependant ne durait jamais longtemps, pas plus de quelques heures car le garçon faisait montre dans sa pratique d'une extrême rigueur. Il s'entraînait chaque jour, sans aucune exception, tentait de découvrir par lui-même les secrets de cet art millénaire qui fascinait Genet qui le considérait comme supérieur encore à la littérature. L'empereur Caracalla n'avait-il pas gravé, sur des pièces de monnaie, sa face d'un côté, des funambules de l'autre ? Genet aimait le rappeler. Tout comme il soulignait que, dès l'Antiquité, le peuple avait donné sa nette préférence aux artistes de cirque sur les littérateurs, poètes et dramaturges. La preuve en était qu'un jour le public s'échappa d'une pièce de Térence pour se précipiter voir celui qui dansait sur une corde fine, devant le théâtre.

Abdallah travaillait en deux temps ses séances. Il répétait d'abord ses sauts et ses pirouettes en restant sur le sol et tentait par la suite de les reproduire au fil. Il s'essayait à une figure, tentait de l'améliorer et puis la répétait pour la mémoriser. Il s'aidait pour cela de notes très schématiques prises sur un papier. Il le pliait minutieusement puis le glissait dans son portefeuille, au milieu de vieilles photos et de tickets de métro ou de bus périmés. Il avait adopté un système de traits précis pour figurer la position exacte des pieds sur telle ou telle figure. C'était un travail acharné.

Mais le jeune garçon devait gagner encore en précision, trouver le geste pur, absolument parfait, qui dissimulerait l'effort pour n'être plus qu'élégance et grâce. La voix de Genet résonnait dans sa tête :

> *Le danger a sa raison : il obligera tes muscles à réussir une parfaite exactitude – la moindre erreur causant ta chute, avec les infirmités ou la mort – et cette exactitude sera la beauté de ta danse.*

Il fallait pour cela, Genet le lui disait, rechercher l'harmonie entre l'homme et le fil pour ne former plus qu'un avec son matériau.

Les métaux sont très loin d'être des blocs inertes. Le fil vibre et, vivace, danse. C'est lui qui va permettre, tendu à bloc, au danseur de pouvoir s'élancer dans les airs. Il est son partenaire. Ce n'est pas qu'un fil d'acier, c'est un être vivant qu'il faut savoir aimer, d'un amour quasiment charnel.

Pourtant l'amour d'Abdallah pour son fil, si puissant et sincère, n'était pas suffisant. Il atteignait, à l'évidence, certaines de ses limites. Pour les dépasser, se dépasser lui-même, il fallait qu'on le guide sur un chemin que lui ne pouvait trouver seul. Il fallait, et d'urgence, dénicher pour Abdallah un professeur de fil. Sans quoi il stagnerait dans l'*à peu près* ou dans le *pas assez* et finirait par se décourager.

Genet avait exigé de Monique qu'elle sorte un des cartons qu'il avait stockés chez elle. C'est fou, se disait-il, ce qu'elle en mettait du temps à retrouver ce paquet ! En attendant, il jouait avec sa fille.

Carole avait trois ans. Il lui avait lancé le défi d'attraper un billet qui sortait légèrement de sa poche, la droite du pantalon. La môme s'approchait, à quatre pattes. Genet poussa un aboiement pour lui faire peur. Elle rit. Il embrassa ses joues, ses cheveux et son cou, la chatouilla puis la fit sauter, très haut, sur ses genoux.

Il pouvait être dur, sévère, terrible, Genet. Il y avait chez lui ce manque de l'enfance. Il le faisait payer, parfois, aux autres. Mais quand on le voyait jouer avec Carole, attentif, doux et tendre, on l'aurait cru réconcilié avec son passé d'enfant abandonné. Monique et Juan, qu'elle avait appelé en renfort, arrivèrent victorieux avec le gros carton exigé par Genet.

— Ah ben tout de même, ce n'est pas trop tôt. Mais quel foutoir, chez vous !

D'un coup de couteau, il éventra le paquet pour en sortir un manuscrit qu'il leva lentement des deux mains, comme certains hissent leur nourrisson fièrement à bout de bras ou d'autres élèvent, solennellement, l'hostie durant la messe.

Le manuscrit portait un joli nom, écrit en gros sur la première page : *Rêves interdits.* C'était un scénario, l'histoire à la campagne d'une femme empoisonneuse et incendiaire de granges, qui par des subterfuges avait fait accuser et coffrer à sa place un pauvre Polonais, un homme que secrètement elle avait désiré, qu'elle avait même aimé.

— J'étais certain qu'il était là, je vous l'avais dit, Monique.

Genet feuilleta les pages, les unes après les autres, relut quelques passages, parfois en souriant, parfois faisant la moue, certains à voix mi-haute.

Il avait écrit ce texte, il y a quelques années, pour le mariage de l'actrice Anouk Aimée.

— Abdallah, tu le vois, ce vieux tas de papiers, qui a un peu moisi et que j'avais fait relier ?

Le jeune homme opina du bonnet, pas certain de comprendre encore pourquoi Genet semblait s'en extasier.

— Ce vieux tas de papiers, reprit-il, c'est ce qui va nous permettre de te payer des cours avec un professeur, un professionnel !

Abdallah regarda Genet alors en souriant. Il n'avait pas encore bien saisi le *comment* mais il avait compris très nettement le *pourquoi* : trouver un professeur.

— Je dois régler l'affaire maintenant avec Bernard, ajouta Genet. Je vais l'appeler sur-le-champ.

Bernard était son agent et le traducteur, aussi, de ses textes en anglais. Un peu plus jeune que lui, Américain, il avait fait beaucoup, énormément, même, pour Genet. C'est lui qui l'avait fait connaître jusqu'aux États-Unis, traduire, jouer. Il avait eu un immense talent pour fabriquer, chose rare pour un auteur français, sa grande notoriété aussi à l'étranger. Car si beaux et si forts que puissent être les textes, les mots, qui pourtant sont tout, ne comptent souvent pour rien, ou vraiment pas grand-chose, dans le succès ou le malheur que va connaître une œuvre. Tout ce qui est autour, l'écho, l'écume de la vague, importe davantage : le moment de la sortie, l'argent qu'y investit l'éditeur, le bon carnet d'adresses, les copains journalistes qui feront l'article. C'est une histoire de chiffres, bien plutôt que de lettres, qui va faire exister ou disparaître les œuvres.

Celles de Genet purent être lues, étudiées, jouées, commentées, appréciées, attaquées, défendues et traduites pour leur grande qualité mais en partie, aussi, grâce au travail dans l'ombre que sut mener Bernard.

— Allô, Bernard ? Genet à l'appareil. Pas le temps de m'éterniser, je vous envoie Abdallah, qui va venir dans une heure vous apporter un texte. C'est un vieux scénario dont je veux me débarrasser, je suis sûr qu'il vaut du fric et j'ai besoin d'argent, donc à vous de m'en trouver. Vous lui remettrez aussi vingt mille francs en main propre, c'est pour lui. Et dix mille pour sa mère qu'il enverra de ma part pour payer son loyer. Et trente-cinq mille pour moi. Je raccroche, je suis pressé.

Bernard trouva les mots pour vendre le scénario. Un réalisateur et producteur anglais acheta le tas de papiers. Le titre fut changé pour s'appeler *Mademoiselle* et le film fut tourné, presque dix ans plus tard, avec Jeanne Moreau en vedette. Il fut sifflé à Cannes.

Trouver un enseignant pour former Abdallah s'avéra une affaire un peu plus compliquée que prévu, qui donna à Genet bien du fil à retordre.

Les professeurs en ce domaine ne couraient pas les rues, du moins celles de Paris. Genet multipliait coups de fil et rendez-vous pour tenter d'approcher les précieux détenteurs des secrets bien gardés de cette vieille discipline. Il y avait des familles : les Orsola, les Diables Bleus, les Diables Blancs du Tchèque Omankowsky, Henry's le Stéphanois… mais pas un parmi eux pour former Abdallah. Un tel ne voulait pas, tel autre n'avait pas le temps, celui-ci en tournée à l'autre bout du monde, celui-là injoignable. Toujours une bonne raison pour ne pas accepter Abdallah comme élève.

Les journées, en attendant, passaient et elles se ressemblaient. Dès potron-minet, Abdallah quittait l'appartement pour s'entraîner au fil, pour ne rien perdre, surtout, de ce qu'il avait trouvé, pour ne pas régresser. À la même heure, Genet allait se coucher.

Dans la journée, ils se promenaient ensemble. Abdallah, souvent discret en société, se montrait drôle alors, plein d'humour. Ils s'asseyaient aux terrasses des cafés. Même s'asseoir, boire un café ou marcher dans la rue devenait une aventure : tout, pour Genet, avait son importance, les grandes comme les plus petites choses. Il y avait avec lui partout, toujours, de la nouveauté ; on ne s'ennuyait jamais car rien n'était banal. Lorsque la pluie tombait, Genet pouvait vous la faire voir – même la pluie ! – comme jamais encore vous ne l'aviez regardée : elle devenait fascinante dans sa façon de tomber, irrégulière au-delà de l'apparente homogénéité qui n'était que son manteau. Elle pouvait se transformer en gouttelettes de peinture venues pour colorer la toile qu'était le sol, posée horizontale, venues y dessiner une œuvre éphémère. Ou laver le passé, le sang qui a coulé sur le bitume d'une ville.

Avec Abdallah, qui la plupart du temps l'accompagnait, il allait souvent à cette époque chez Giacometti. Le petit deux-pièces qu'ils habitaient était à cinq minutes de l'atelier de l'artiste qui voulait peindre, depuis longtemps, un portrait de Genet.

Il avait déjà fait un grand nombre d'essais mais n'en était jamais satisfait. À ses yeux il n'avait pas, sur la toile, su retranscrire la vie, la force de la vie qu'on trouve sur le visage, dans le corps de Genet. Alors il retentait, recommençait, ratait encore, *ratait mieux*, dirait Beckett. Abdallah le regardait faire. Il observait aussi Genet, assis sur une chaise en paille, avec interdiction de fumer, interdiction de bouger, juste un petit peu la tête.

Giacometti peignait, Genet parlait. Le peintre lui répondait de sa voix rocailleuse, nuançait. Ils évoquaient ensemble toutes sortes de choses, l'importance des blessures notamment, dans une création. Giacometti, il y avait de cela vingt ans, avait été heurté par une voiture place d'Italie et se déplaçait, depuis, avec une canne. Le secret de l'homme qui marche, avait conclu Genet, c'était donc qu'il boitait ! Il avait su trouver dans sa faiblesse un élan pour créer.

Abdallah, assis près du vieux poêle qui réchauffait la pièce, écoutait, discret, en avalant du thé préparé par Annette, l'épouse de Giacometti. Parlant à voix basse, il plaisantait avec elle et la faisait rire.

Après avoir posé, Genet s'allumait une gitane. Il s'approchait ensuite lentement du jeune homme. Par sa présence lumineuse, Abdallah irriguait l'ensemble de l'atelier, éclairé d'une ampoule unique qui pendait du plafond. Genet venait l'embrasser, Abdallah en riait. Il ne pouvait pas, jamais s'empêcher de rire quand il l'embrassait en public, que c'était agaçant, pestait Genet.

Pour se dégourdir les jambes, Genet faisait ensuite les cent pas dans l'atelier, se penchait vers les statues, les contemplait chacune un peu sous tous les angles, les touchait du bout du doigt, les caressait franchement, de la paume de la main, puis parlait d'elles avec beaucoup de simplicité d'abord, comme pour mieux les apprivoiser, ne pas les effrayer ni en être effrayé :

— C'est rigolo là c'est du rouge… tandis que là, là c'est du bleu… on dirait presque de la boue.

Il marquait des silences, parfois très longs, entre les groupes de mots, les morceaux de phrases. Giacometti écoutait en nettoyant ses pinceaux. Il était couvert de poussière, tout le temps, dans son atelier, au point qu'il ressemblait beaucoup à ses statues.

Genet poursuivait son analyse, de moins en moins naïve.

Ce qui le fascinait, c'était que toutes ces sculptures vous donnaient l'impression de connaître la mort, de venir de la mort. C'était en cela qu'elles étaient belles et attirantes. C'était un peu comme si elles ne s'adressaient pas aux vivants que nous sommes mais au peuple des morts, pour leur montrer la beauté que, de tout leur vivant, ils n'avaient pas bien vue.

Genet rêvait d'écrire un jour pour le théâtre une pièce qui aurait l'emphase et l'élégance de ces statues qui peuplaient l'atelier. Il nourrissait pour Giacometti la même admiration que pour Rembrandt, l'un et l'autre savaient voir le monde en oblique. Certains chanceux verront comme eux quelques fois dans leur vie, d'autres une fois unique et d'autres encore, jamais ; l'artiste digne de ce nom est avant tout voyant et partage ses visions à l'aide de son talent. Il ne sait pas grand-chose – peu importe le savoir –, mais il a su apprendre à regarder pour voir. C'est ce qui fonde l'artiste, sculpteur, peintre ou poète. Voir le verre d'eau, voir un homme, un oiseau, une cigarette, un puits… au-delà de leurs formes et de leurs apparences, voir ce qu'ils sont chacun, profondément, et ce qu'ils font vibrer en nous. Giacometti voyait, il voyait tout.

Un jour, il avait sorti de sous une table, dans l'atelier, une minuscule sculpture en bronze, représentant un chien, en disant à Genet :

— C'est moi. Je me suis vu comme ça, comme ce chien dans la rue. Ce chien-là, c'était moi.

Il était le seul être vivant admiré par Genet.

Genet le répétait souvent et, chaque fois qu'il le disait, Abdallah sentait vibrer sa corde sensible. Il aurait voulu être Giacometti, ou une de ses sculptures, voulu entendre

Genet, même une fois, ajouter : oui le seul, avec Abdallah bien sûr, l'homme qui marche… sur le fil.

Genet ne le dit jamais.

Était-il possible d'aimer sans admirer ? Pour Abdallah, se poser la question, c'était déjà y répondre. Il voulait tant plaire à Genet, tant être à la hauteur des rêves qu'il projetait sur lui.

Il marchait pour l'instant à deux mètres du sol quand il était au fil. C'était déjà beaucoup. Il lui fallait pourtant monter plus haut encore, trois mètres, cinq mètres, six mètres pour être funambule.

On était loin du compte.

Lorsqu'il reçut son ordre de conscription, Abdallah retomba très brutalement sur terre. Tout espoir de devenir quelqu'un aux yeux de Jean se trouvait mis à bas.

Genet aussi était furieux. Combattre en Algérie ? Se transformer en poudre et en chair à canon plutôt qu'en funambule ? Mais comment osaient-ils ? Et sur la terre même, qui plus est, de son père !

Il débarqua dans le bureau de Monique, chez Gallimard, Abdallah tout penaud, debout à ses côtés :

— C'est odieux, c'est même pire : criminel ! C'est abject, ça, Monique. Quelle bande de salopards vous nous avez foutue à la tête du pays ! Ah, votre Catalan de Juan a bien fait de la fuir, sa Barceloneta, pour venir se réfugier dans une France hitlérienne ! Je lui souhaite, vous lui direz, un siècle de dictature ! Ils me rendent enragé, ce vieux con de De Gaulle et les dégénérés qui l'entourent au palais.

Monique, ne voyant comment calmer Genet, l'écoutait sans rien dire. Il saisit avec brusquerie les manuscrits posés sur sa table, ceux qu'elle devait taper, et les fit valdinguer un peu dans toute la pièce tout en continuant de hurler à tue-tête :

— Saloperie de politiques, et ils n'ont peur de rien ! « Pacifier l'Algérie » qu'ils ont écrit sur l'ordre : « Pacifier » oui, mon cul ! Je chie dans leurs falzars, déjà pleins jusqu'au bord, avec leurs pets foireux, de leur merde dans laquelle ils se vautrent gaiement pour tenter de cacher leurs crimes épouvantables. Fichue bande de salauds ! Pas un pour sauver l'autre. Ah comme les Algériens font bien de se révolter contre cette vieille puissance peuplée par de vieux cons. Pourvu que le FLN arrive à faire sauter les ponts avec cette France immonde !

Il tendit ensuite à Monique le journal qu'il avait en main, roulé, avec lequel il ponctuait chacun de ses gestes, donnant une dimension encore plus théâtrale à la scène qui l'était déjà. Il ouvrit le rouleau :

— Regardez à cette page, Monique, là, regardez quand les Danois s'en mêlent ! Ils vous disent que ce serait quand même un petit mieux si tout le monde s'entendait ! Ils ont colonisé, en tout, trente Esquimaux, qu'en plus ils font tourner dans des documentaires, et ils vous font la leçon… Sans parler d'Abdalloche qui n'a rien trouvé de mieux, dans la situation, que d'avoir mal à la gorge !

Dans son énervement, Genet avait projeté la machine à écrire violemment sur le sol. La manette de renvoi ne semblait plus fonctionner.

Abdallah la ramassa, très calmement et la tendit à Monique. Elle suggéra qu'on se retrouve chez elle, le soir même, pour réfléchir ensemble à une solution.

Ce fut Juan qui ouvrit quand on sonna rue Poissonnière. Abdallah derrière la porte était caché par un très gros bouquet acheté pour Monique. Genet s'avança le premier dans le couloir, surexcité.

— Annonce-le à Monique et à Juan. Tout le monde t'écoute Abdallah, vas-y.

Le jeune homme déposa son bouquet dans les mains de Monique, qui l'embrassa. Le visage illuminé d'un sourire immense, la voix douce et posée, il indiqua ensuite :

— Avec Jean on s'est dit : ben moi, je vais déserter. Et puis on a brûlé mon papier de l'armée.

Genet trépignait sur place, Juan et Monique étaient sonnés. Ils n'étaient pas choqués par l'idée de déserter. Monique allait signer, très prochainement, aux côtés de Breton, de Duras, de Beauvoir, de Sartre, d'une centaine d'autres, le texte du manifeste pour le droit d'insoumission, texte que Genet, d'ailleurs, refusera de signer, malgré les insistances de la rue Poissonnière :

— Je ne suis pas, Monique, un type de gauche. Une morale donnée, si généreuse soit-elle, ça reste une morale. Moi, je reste un voyou.

Ce ne fut donc pas l'idée qu'Abdallah désertât qui attristait Monique et laissait Juan sans voix, mais l'idée de ne plus le voir souvent.

Sans leur laisser le temps de se remettre, l'un comme l'autre, du choc qu'ils venaient d'encaisser, Genet, qui bouillonnait, reprit :

— C'est, dans le fond, un beau cadeau que nous font, sans le vouloir, tous ces salauds ! On va partir ensemble, on sillonnera l'Europe et on va bien trouver, dans je ne sais quel pays, enfin un funambule pour former Abdallah. On ira voir l'Autriche, pays de l'acrobatie, et puis le Danemark aussi, où se forment tous les artistes, les jongleurs, voltigeurs, ainsi que les trapézistes. Sans parler de l'Italie, avec le cirque Orfei, dont on entend parler sans cesse à la radio pour tous ses numéros qui sont époustouflants. Ça devenait impossible, de toute façon, au point où on en est, de rester à Paris.

Abdallah souriait à l'enthousiasme de Genet. Il avait bien compris que tout le séduisait dans l'idée de déserter : la transgression des lois, qui vous faisait marcher sur une corde raide, risquer à chaque instant soit l'arrestation, soit l'emprisonnement, le mode de vie nomade, toujours en mouvement, jamais ni installé ni fixé nulle part, le goût pour l'aventure, la chance pour lui d'être formé par un grand funambule…

Il avait saisi surtout qu'au-delà de la désertion un monde entier s'ouvrait. Un monde où il aurait de nouvelles raisons de plaire, plus encore, à Genet.

— Je vais partir le premier, pour éviter surtout d'attirer l'attention. De toute façon, maintenant, il n'y a plus que mon amour pour la langue française qui m'attache à ce pays. Abdallah viendra me retrouver en train. On en a bien parlé, le plus simple pour nous deux sera qu'on se rejoigne dans une ville d'Italie.

— C'est la ville qui s'appelle sur la carte Brindisi, ajouta le garçon, conquis au point que son mal de gorge semblait évaporé.

— Je vais appeler Bernard, lui dire de se débrouiller pour vendre l'appartement de la rue Joanès. Et quant à vous, Monique, vous allez vite me faire de belles réserves de Nembutal et me fournir, aussi, en cartouches de gitanes. Vous vous débrouillerez bien pour me les envoyer, ou vous en profiterez pour venir en personne nous faire une visite, pas vrai ma petite Monique ? À moins que vous n'envoyiez quelqu'un qui fera commis : qu'est-ce qu'elle en dit, tenez, ma Juana la Maricona ?

Juan souriait, acquiesçait, confirmait qu'il viendrait vraiment très volontiers, qu'il ne connaissait pas encore ni le Danemark ni tellement, dans le fond, l'Italie.

On passa des coups de fil : on appela Erika, Ahmed, Giacometti à venir au trente-trois. On appela Diane aussi, de passage à Paris pour une courte escale. Tout le monde accourut. On rit, on dansa, on chanta. On sabra le champagne en mangeant des lentilles. Genet porta un toast :

— À de Gaulle ! À sa grosse bite toute molle et sa bouche en gros cul !

De Gaulle à qui, ajouta-t-il, on devait de partir ainsi à l'aventure.

L'ambiance était exquise, Abdallah ravi, Genet surexcité.

En regardant Abdallah jouer avec Carole, quatre ans, il apparut à Juan qu'un des talents de Genet, au-delà de tous les autres – et de tous ses défauts –, était cette faculté à créer des familles partout autour de lui, famille qu'il n'avait pas eue.

Il lui avait confié un jour qu'à part quelques émois, au début de leur histoire, la sexualité ne comptait que peu dans l'amour et le couple qu'il formait avec Abdallah. Il y avait là aussi quelque chose de familial, pensa Juan. Abdallah devenait le fils que Genet n'avait pas, lui se faisait le père que le garçon n'avait pas, pas plus que Genet n'en eut. Monique jouait la mère, Carole, la petite sœur, et Juan, dans cette affaire, tenait le rôle du beau-papa.

Il y avait près de dix jours que Genet était en Italie.

Le Funambule était publié, Giacometti avait terminé son portrait, l'appartement était vendu, racheté finalement par Bernard lui-même. Il ne manquait plus qu'Abdallah dans les Pouilles, avec Genet, à Brindisi. C'était une ville en bord de mer, là où se terminait naguère l'ancienne voie romaine, la Via Appia, qu'on empruntait alors avant de mettre ensuite les voiles vers l'Orient. Genet, attendant qu'Abdallah le rejoigne, errait entre le port, bâti en vieilles pierres, et le palais souabe inondé de lumière.

Le garçon avait présenté ses adieux à sa mère, lui répétant qu'il ne fallait surtout pas dire qu'il désertait : si on l'interrogeait, il s'agissait de mentir, de prétendre qu'il était en Chine, ou qu'elle n'avait plus de nouvelles, plus aucune de son fils. Il lui en ferait donner, quoi qu'il en soit, via Monique. Elle lui remettrait aussi régulièrement de l'argent de la part de Genet, elle ne devait pas s'inquiéter.

Après trois semaines rue Poissonnière, chez Monique et chez Juan, vint le jour du départ. On mangea du poulet, puis après déjeuner, avec Carole dans une poussette, le couple accompagna Abdallah gare de Lyon.

— Tu nous appelles, et puis après, tu nous écris, tu n'oublies pas ! Tu nous donnes des nouvelles. Et surtout, tu ne signes rien : tu n'écris pas ton nom, tu ne prends aucun risque, lui répétait Monique.

Abdallah souriait, ravi, c'était l'aventure. Il avait dans un sac flanqué tout son barda : son fil, très lourd, ses chaussons de danse, sa tenue d'entraînement. Il avait pris aussi une photo de sa mère, une de Juan et de Monique, une photo d'Erika, une photo d'Ahmed, qui était à cheval, une photo de Carole et puis quelques affaires. Mais son affaire, maintenant, c'était de ne pas se faire prendre et de vivre pleinement cette vie sans filet.

Monique baisa ses deux joues, Juan l'embrassa, Abdallah déposa un baiser sur le front de la môme Carole, puis monta dans son wagon. Il leur fit à tous trois un grand signe de main lorsque le train partit. Il partait loin. Il filait droit vers l'Italie, destination Bordighera avant, là-bas, d'emprunter une correspondance pour aller jusqu'à Brindisi.

La nuit de ce voyage, Monique ne dormit pas. Elle tournait dans son lit, ne pouvait s'empêcher de s'imaginer le pire. Et s'il se faisait prendre ? Qui l'en avertirait ? Pourquoi n'avait-il pas encore téléphoné ? Elle le lui avait dit, pourtant : tu m'appelles dès que tu peux, à n'importe quelle heure !

Vers midi le surlendemain, le téléphone sonna ; la voix douce d'Abdallah, tout de suite, la rassura.

Sept ou huit jours plus tard, au trente-trois rue Poissonnière, le facteur déposa une carte de Sanremo, petite ville d'Italie à côté de la frontière. L'écriture en était enfantine et soignée. Combien de temps passé et d'efforts surmontés pour rédiger ces lignes :

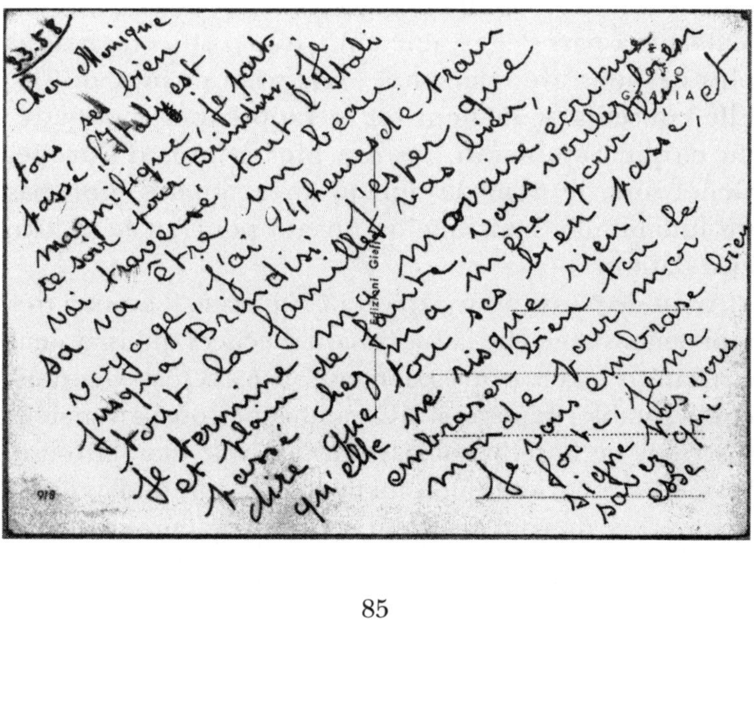
23.58
Cher Monique
tous sé bien
passé l'Italy est
magnifique, je part.
ce soir pour Brindisi. Je
vai traversé tout l'Itali
ça va être un beau
voyage, j'ai 24 heures de train
jusqu'a Brindisi. J'esper que
tout la famillet vas bien!
Je termine de ma mauvaise écriture
et plain de fautes, vous voulez bien
passé chez ma mère pour lui
dire que tou sé bien passé, et
qu'elle ne risque rien, le
embraser bien tou le
monde pour moi
Je vous embrase bien
fort, Je me
signe très vous
savez qui
esse

La quête d'Abdallah et de Genet, à l'étranger, s'avéra vaine.

Ils bourlinguèrent dans toute l'Europe sans dégoter de professeur pour former Abdallah. Ils purent simplement mettre le grappin sur un groupe de danseurs qui acceptèrent de donner des leçons sur la façon de se tenir, d'avancer sur le sol, de faire bouger ses bras… beaucoup de choses passionnantes mais pas vraiment utiles pour éviter de tomber du haut d'un fil d'acier.

Ils poursuivaient donc leurs recherches, comme certains veulent trouver le Graal, mais c'était peine perdue :

— Non rien, zéro, walou, tonnait Genet au téléphone, pour informer Monique.

Diane, qui était d'escale pour quelques heures au Danemark, passa un moment avec eux.

Genet s'empressa de la questionner sur les contacts qu'elle avait sûrement encore avec le monde du cirque. Mais mis à part Peggy, une amie trapéziste, elle n'avait plus de liens avec personne. Elle avait changé de vie. Elle conseilla seulement de se rapprocher, peut-être, du cirque Schumann, un des plus grands d'Europe. Genet nota le nom de quelqu'un à appeler, non pas un funambule, mais quelqu'un qui pourrait le mettre en relation.

Avant de partir pour explorer cette piste, il évoqua très rapidement avec elle la succession d'échecs qu'ils avaient affrontés et s'en prit également au caractère viennois, épouvantable, répétait-il ! Copenhague, où ils venaient d'arriver, ne le séduisait pas plus : la ville était affreuse, la vie ici atroce, les Danois lui faisaient peur. Il ne pouvait s'empêcher de voir dans leur sourire comme une brutalité, qui ne demandait qu'à sortir. Il se mit ensuite en route pour trouver le cirque Schumann, laissant Abdallah seul avec son amie Diane.

Elle n'avait que peu de temps avant son vol retour mais c'était déjà ça. Quelle joie de retrouver celui qu'elle connaissait depuis qu'il était môme.

À l'évidence Abdul était heureux. Il lui raconta ce que, grâce à Genet, il avait découvert, les pays qu'ils avaient traversés : la Turquie, la Suède, l'Italie, maintenant, le Danemark. Depuis sa désertion, il avait passé les jours les plus beaux de sa vie et s'en rappelait tous les détails. Il évoqua les terrasses de travertin blanc qui s'étalent à Pamukkale. L'ensemble de petites îles qui composent Stockholm, la nourriture exquise qu'avaient les Italiens et l'incroyable beauté des Alpes dans leur pays. Ils s'y étaient offert une échappée dans une voiture décapotable, entre les pans majestueux de la montagne. Il faisait tellement froid, mais c'était tellement beau. Et ils avaient passé, aussi, des jours merveilleux dans le petit hôtel d'une ville située entre les Alpes valaisannes et les Alpes lépontines : Domodossola. Ils y étaient restés durant plusieurs journées tant tous les deux s'y étaient plu.

Il parla aussi des musées où, pour la première fois de sa vie, il avait mis les pieds. Genet comptait écrire sur un peintre célèbre qui s'appelait Rembrandt. Il l'avait découvert à Londres, quelques années plus tôt. Depuis, dès qu'il était possible de voir l'une de ses toiles dans un musée d'Europe, il s'y précipitait et prenait un tas de notes sur un petit carnet. Il en parlait avec Abdallah, lui expliquait ce qui, chez « ce Hollandais malabar », comme il le désignait, le fascinait à ce point et notamment le fait que sa peinture, jamais, n'était honteuse de ce qu'elle était.

Abdallah, amoureux et heureux, s'était transformé au contact de Genet, mais n'avait rien perdu de sa gentillesse ni de sa joie.

Alors qu'Abdallah à Copenhague embrassait Diane, la serrait dans ses bras avant qu'elle ne reparte, en France, au même moment, Monique, rue Poissonnière, découvrait avec joie une carte postale expédiée de Vienne :

— Je lui avais pourtant dit de ne pas signer ! bougonna-t-elle.

Elle tourna la carte et lut la formule de Genet, inscrite à la verticale. Abdallah écrivait souvent et il n'était pas rare que Genet ajoute un mot. Sur l'une, il imitait l'accent allemand :

Che fous embrase bien vort.

Sur une autre, il indiquait.

Il est vraiment trop con ! Incapable de vous écrire un mot sans que je m'en mêle.

Ah, les Zommes ! ma petite !

Monique riait toujours de ces interventions, sacré Genet. Il envoyait aussi des lettres, des cartes, de son côté, où il ne tarissait pas, pour elle, de formules tendres :

Monique, chère Monique, Sainte Monique, mère de Saint-Augustin, Monique Bien-Aimée, l'Ange chez Gallimard, Moniquettequéquette, Monique donc l'unique, ma petite Monique, ma petite gentille, vous êtes pour moi une mère, dix millions de fois soyez aimée, que toutes les Moniques que la terre a portées, portera, soient aimées,

Monique ! Monique ! Monique !

Il signait certaines fois :

Votre Plantagenêt.

Le plus souvent, Genet écrivait pour demander qu'elle lui envoie des cigarettes et fasse ses commissions. Par méfiance, il ne mentionnait jamais le prénom d'Abdallah et le désignait toujours par une simple initiale : A.

Ma petite Monique, allez voir, s'il vous plaît, la mère d'A. et dites-lui qu'il va bien. Écrivez-moi ensuite pour me dire ce qu'elle devient.

Il lui faisait porter des fleurs, des chocolats, des chèques. Régulièrement, aussi, il évoquait auprès de Monique son Nembutal. C'était une obsession, une peur d'en manquer, de ne plus pouvoir dormir. Il la chargeait d'en acheter en très grandes quantités chez Flabiline, puis de faire plusieurs envois. Il ne fallait pas les mettre tous dans le même paquet, ne pas risquer qu'ils soient bloqués à la frontière. Quand il les recevait, Genet était content :

Chère Monique, Vous m'avez fait un cadeau de ROI *! Pendant 8 jours j'étais « Booz endormi ». On n'a pas fait d'histoire à la douane.*

Un jour, chez Gallimard, Monique reçut un appel :

— C'est un « Monsieur Eugène », lui dit la standardiste.

Au bout du fil, à l'instant même, elle reconnut la voix qui récita un passage de Victor Hugo :

Booz s'était couché de fatigue accablé ; il avait tout le jour travaillé dans son aire ; puis avait fait son lit à sa place ordinaire ; Booz dormait auprès des boisseaux pleins de blé. La respiration de Booz, qui dormait, se mêlait aux bruits sourds des ruisseaux sur la mousse. On était dans le mois où la nature est douce, les collines ayant des lys sur leur sommet…

Puis Genet raccrocha, sans rien lui dire de plus. C'était là sa façon de remercier Monique. Il avait bien reçu, encore, son Nembutal et semblait ravi.

Plus tard, il appela de Copenhague, avec une nouvelle à annoncer. Ils n'avaient toujours pas trouvé de professeur, pas plus à Vienne qu'à Paris. Cette affaire devenait le jour de la marmotte : un éternel retour du même au point que personne, nulle part, ne semblait capable ou désireux de former Abdallah à l'art des funambules. Genet avait donc pris une décision : c'est lui qui le formerait à marcher sur le fil, à six mètres de haut. C'était la solution, peut-être pas la meilleure, mais désormais l'unique.

Il n'était jamais monté sur une corde, en eût été bien incapable, mais il avait une idée précise de ce qu'il fallait faire pour y marcher, pour y danser. Ce serait un travail acharné, quotidien, exigeant, annonçait-il déjà au téléphone, mais le résultat serait là, il en était persuadé.

Genet et Abdallah s'en iraient de Copenhague dès le lendemain matin pour gagner Amsterdam. Le garçon avait là des connaissances qui devraient les aider à dégoter une salle pour répéter.

Si Monique n'en dit rien, ni à Genet ni à Abdallah, cette nouvelle éveilla chez elle plus de craintes que d'espoirs. Elle savait combien le jeune homme admirait Genet, jusqu'à l'abnégation. En devenant son entraîneur il augmentait encore, même sans le vouloir, son emprise sur lui. Ne risquait-il pas de le pousser trop loin ? D'exiger trop de lui ? D'oublier que cette œuvre qu'incarnait Abdallah n'était pas, pour une fois, faite d'encre et de papier mais de chair et de sang, de chutes et d'accidents possibles ? Et Abdallah lui-même, qui voulait tellement voir l'admiration dans le regard de Genet, ne risquait-il pas, aussi, de s'oublier ?

Quand un objet, un événement, un art ou une personne l'intéressait, Genet s'y engouffrait alors à corps perdu. Il écrivit des textes d'une très grande justesse sur la peinture, sur Rembrandt, sur la sculpture, sur Giacometti, sans rien connaître à la peinture, pas plus qu'à la sculpture, avant de s'y jeter de tout son être. Il avait une curiosité qui se nourrissait du hasard et s'exprimait dans la rencontre. Tout pouvait se faire, pour lui, objet de curiosité.

Ce fut le cas du fil.

Genet, pour entraîner Abdallah, l'avait fait dévaler une montagne en skiant, puis pagayer en canoë avant de lui faire nager le crawl dans une piscine. Il devait éprouver des sensations de glisse pour comprendre réellement que l'air était solide et qu'il était possible de prendre appui sur lui. L'enseignement de Genet se faisait dans l'action. C'était un homme d'action ; il bougeait tout le temps d'une ville à une autre, d'un hôtel à un autre, d'un projet à un autre, d'un pays à un autre, il gigotait sans cesse. C'était donc par l'action qu'il formerait celui qu'il aimait à marcher sur le fil.

Dans un gymnase, à Amsterdam, chaque séance commençait par le même rituel : un échauffement, à savoir un jogging, des pas chassés, des pompes, des tractions, des fentes… sous l'œil du coach Genet qui, tour à tour, encourageait Abdallah, l'engueulait, le félicitait.

Avant qu'il n'apprivoise les airs, Genet tenait à ce qu'Abdallah s'entraîne au sol et se sente mobile dans le mouvement. Il le faisait rester durant des heures debout les deux pieds joints, à se concentrer sur chaque frémissement, chaque micromouvement qu'il pouvait ressentir dans les pieds tout d'abord puis tout le long le corps. Il le faisait ensuite se hisser doucement sur la pointe des pieds, les yeux fermés pour éprouver le mouvement, sentir comme à la fois tout bougeait, tout tanguait et vacillait, partout autour de lui.

— Car nous sommes sur la terre qui est en mouvement, qui tourne sur elle-même, tourne autour du soleil pendant que, dans ton corps, ton sang, lui, tourne aussi. Tu seras sur ton fil « mobile dans le mouvement », martelait Genet, reprenant la devise du *Nautilus*. C'est la conscience de ces mouvements qui va te permettre, là-haut, de trouver ton équilibre, car trouver l'équilibre n'est qu'une façon de gérer tous ces déséquilibres.

Il employait nombre d'images, simples mais efficaces, pour bien se faire comprendre :

— Le fil ce sera ton sol, le sol qui va te porter. Il faut que tu lui accordes une absolue confiance, la même confiance naïve que l'on a pour le sol qui est là sous nos pieds. Toi tu seras comme un arbre, bien planté sur ton sol, un arbre brut ramené à une expression simple, un tronc traversé d'une seule branche : ton balancier. Tu seras l'arbre sur le sol et tu puiseras ton eau, ton énergie, par les racines, dans le monde caché, dans les ténèbres, le monde d'en bas, dans tout ce que tu ne vois pas mais qui sera bien là. C'est une vie qui grouillera sous tes pieds, la foule, le monde et moi, nous serons le terreau dont tu te nourriras. Tu seras au-dessus mais tu nous sentiras. Tu vas vite dépasser, Abdallah, ta propre taille. Tente de te le figurer et tu verras ce que je vois, alors, depuis des mois !

Le garçon souriait en écoutant Genet, en reprenant son souffle.

Après l'échauffement venait l'entraînement à proprement parler. Abdallah devait apprendre à faire meilleur usage, déjà, de son ombrelle, pour bien s'équilibrer. L'ombrelle, lui expliquait Genet, toujours par des images, c'était la main de sa mère, celle qu'il tenait, enfant, pour marcher dans la rue. Il faudra qu'il retrouve cette sensation lointaine, cette main qui donne confiance lorsqu'il sera sur le fil, ce fil qu'il doit traiter comme un être vivant, comme son partenaire. Genet l'avait écrit déjà dans *Le Funambule* :

> Cet amour – mais presque désespéré, mais chargé de tendresse – que tu dois montrer à ton fil, il aura autant de force qu'en montre le fil de fer pour te porter. Je connais les objets, leur malignité, leur cruauté, leur gratitude aussi. Le fil était mort – ou si tu veux muet, aveugle – te voici : il va vivre et parler.
>
> Tu l'aimeras, et d'un amour presque charnel. Chaque matin, avant de commencer ton entraînement, quand il est tendu et qu'il vibre, va lui donner un baiser. Demande-lui de te supporter, et qu'il t'accorde l'élégance et la nervosité du jarret. À la fin de la séance, salue-le, remercie-le. Alors

qu'il est encore enroulé, la nuit, dans sa boîte, va le voir, caresse-le. Et pose, gentiment, ta joue contre la sienne.

Certains dompteurs utilisent la violence. Tu peux essayer de dompter ton fil. Méfie-toi. Le fil de fer, comme la panthère et comme, dit-on, le peuple, aime le sang. Apprivoise-le plutôt.

Le poème de Genet annonçait un programme ; l'entraînement venait à la fois l'enrichir et le concrétiser.

La salle des fêtes où ils répétaient, aux allures de gymnase, était sans âme, austère. L'éclairage au néon éblouissait les yeux, le revêtement du sol empestait le caoutchouc et la condensation embuait les fenêtres. L'air du dehors vous arrivait, quand on ouvrait la porte, par toutes petites vagues tièdes qui venaient vous parler à l'oreille.

Mais le rêve que Genet portait pour Abdallah rendait cette salle quasiment belle. Tous les jours, un peu plus, le garçon progressait. Et Genet, qui n'était pas le moins impatient, lui criait :

Bande, et fais bander.

Quand le fil était tendu, chaque muscle d'Abdallah se mettait en éveil, se tendait lui aussi. Son corps dans son entier allait vers la pleine maîtrise de toutes ses facultés.

Il mania tout d'abord parfaitement l'ombrelle, au point d'apprendre, très vite, à pouvoir s'en passer. À petite hauteur, il put réaliser, sans plus jamais se tromper, avec beaucoup de grâce, l'ensemble de ses enchaînements. Genet lui bandait les yeux, Abdallah, même les yeux fermés, maîtrisait à la perfection les rouages de son numéro. Très rapidement aussi, il prit de la hauteur et monta à trois mètres, à quatre mètres du sol, avec son balancier. À cinq mètres, il avait le vertige.

— T'as pas le vertige, mais t'as la frousse, lui rétorquait Genet.

Il redoublait alors d'imagination, d'efforts pour qu'Abdallah mène un travail sur la chute redoutée. Il l'invitait à faire de la méditation, à faire le vide dans ses pensées, chaque pensée sur le fil étant une chute promise.

Pour sa sécurité, il avait attaché une longe à un harnais porté par Abdallah. Genet le poussait, le déséquilibrait pour l'obliger à devoir se rattraper, sans jamais, surtout pas, se séparer de son balancier, ce balancier de quatorze kilos qui penchait tantôt vers la droite, tantôt vers la gauche, vers le faux, vers le vrai, la justice, l'injustice, le oui ou bien le non, l'échec ou le succès. Il ne devait pas, jamais, le laisser tomber, sous aucun prétexte. S'il le laissait tomber, quelle que soit la hauteur d'où il pourrait chuter, quelle qu'en soit la raison, Genet l'avait prévenu, jamais alors il n'accepterait de le revoir, jamais de lui reparler, jamais de lui pardonner : lorsqu'il saisit son balancier, c'est sa vie même qu'entre ses mains saisit un funambule.

Le soutien absolu que lui apportait Genet, sa confiance inébranlable dans l'efficacité de l'entraînement, leur relation aussi de grande complicité, tout cela participait à ce qu'Abdallah progresse. Ce fut très efficace. Il ne chuta bientôt plus seulement qu'une fois sur deux, puis sur trois, puis rarement. En quelques mois, il savait parfaitement marcher tout comme sauter à six mètres du sol.

Tout ne se passait pas seulement dans le gymnase, l'entraînement se prolongeait aussi sur les terrasses. Le jeune homme était-il sur le point d'avaler un café, Genet interrompait son geste :

— Prends la carafe.

Abdallah s'en étonnait mais Genet insistait :

— Prends-moi cette carafe d'eau et ne me pose pas de question.

Il s'exécutait.

— Et maintenant repose-la, remets-la sur la table.

Abdallah obéissait.

— Reprends la carafe d'eau, remets-la sur la table.

Abdallah faisait tout ce que lui demandait Genet.

— Maintenant prends-en une autre, sur la table à côté, et renverse-la par terre.

Il saisissait le récipient en verre, renversait son contenu.

Genet avait remarqué qu'Abdallah écrivait ses cartes de la main droite, mais qu'il manipulait les objets de la gauche, qu'il était plus à l'aise, nettement, à gauche qu'à droite. C'était un point central qu'il fallait prendre en compte pour son entraînement. Il fallait pour cela qu'Abdallah de lui-même puisse s'en rendre compte.

— Traverse la rue, pouvait lui dire Genet un autre jour.

Abdallah se levait et traversait la rue.

— Va plus loin, traverse trois fois la rue.

Il s'exécutait.

— Maintenant marche plus lentement, jusqu'à l'autre bout de la place et ne pose pas de question.

Abdallah déplaçait un pied plus vite que l'autre, c'était un exercice pour qu'il en prenne conscience.

Une autre fois Genet avait demandé qu'il aille un peu marcher dans les rues parallèles. Abdallah au retour avait beau se questionner, il n'avait pas trouvé ce qu'il devait chercher, apprendre sur lui-même en faisant l'exercice demandé par Genet :

— Je voulais juste être seul et que tu me foutes la paix le temps de ma cigarette, répondit-il alors.

Abdallah éclata d'un rire franc, communicatif.

Ils travaillaient des journées entières. Genet se montrait exigeant, perfectionniste et poussait Abdallah au-delà de lui-même. Mais l'entraînement se faisait essentiellement dans le jeu, la joie de la découverte et dans la bonne humeur, dans l'amour et l'humour.

Genet ne se contentait jamais, quand il aimait, de vivre avec quelqu'un. Vivre une histoire d'amour, ça n'était pas assez. C'était bien trop banal, c'était sans intérêt. Il s'agissait plutôt, grâce à l'amour, de créer quelque chose qui, jusqu'alors, n'était rien. Faire quelque chose de quelqu'un. C'était ce qui lui plaisait, c'était ce qui l'excitait.

Abdallah, quant à lui, prenait beaucoup de plaisir à se laisser guider. Il sentait qu'il était en train de travailler à forger son destin, comme la chrysalide se métamorphose. Il le confia d'ailleurs à Jean comme à Monique, avec ses mots :

Je suis en train de devenir quelqu'un.

Genet aimait le Japon et c'est un *torii* qu'il invitait Abdallah à franchir, une porte pour entrer dans un autre univers, dégagé de tout ce qui parasiterait la pratique de son art. La sensation de soif, l'envie de fumer, les tiraillements avec une femme… il fallait éviter tout ce qui pourrait troubler ce qu'ils cherchaient à atteindre : la perfection et la beauté.

Il n'était pas question que Genet découvre du kif, ou bien du cannabis, un jour, dans le barda d'Abdallah : il avait intérêt, sur ces aspects, à filer droit. Il pouvait boire de l'alcool, un peu, parfois, mais en revanche plus une goutte quand approcherait le spectacle. Quant au sexe, c'était pareil. Genet ne transigeait pas avec ces renoncements demandés par son art, un des plus exigeants, et surveillait de près même ce que mangeait le garçon :

— Abdallah tu as le choix, de faire ou de ne pas faire ton numéro. Mais si tu veux le faire, tu le fais bien.

Il devait se comporter en véritable athlète, sportif de haut niveau, se donner les moyens du talent qu'il avait et de son ambition, partagée par Genet. Petite privation, Genet s'interdisait, lors des répétitions, de fumer :

une façon de participer, à sa façon, un peu, au supplice d'Abdallah.

En décembre, le numéro fut prêt. Genet appela Monique. Il voulait faire à Abdallah la surprise de la faire venir, avec Juan, pour le jour de l'An, à Amsterdam.

— Vous allez voir, Monique, son numéro est *fabuleux*, précisa-t-il au téléphone.

Elle savait que, dans sa bouche, le mot avant toute chose signifiait *périlleux*, qu'Abdallah danserait sans longe et sans filet. Ils parlèrent.

— Est-ce qu'on met des brassards aux nageurs olympiques parce qu'ils pourraient se noyer ? lui demanda Genet. On ne leur en met pas, ils savent faire leur métier ! C'est la même chose pour Abdallah, il sait faire son métier, vous allez voir, Monique. Et la sécurité n'est pas dans un filet : c'est dans l'artiste lui-même qu'est la sécurité, dans la parfaite maîtrise qu'il acquiert de son art, dans la fine connaissance qu'il a de ses limites, de ses capacités et pas le moins du monde dans des brassards ou des filets.

Monique pouvait comprendre ce que soutenait Genet. Elle lui donna raison et finit par céder.

— Vous me rassurez, Monique, conclut-il. Je suis bien content de savoir que vous reconnaissez que la mer est bleue et le ciel pareil : c'est bon signe.

Elle ne pouvait pas, en revanche, s'empêcher de s'inquiéter. C'était plus fort qu'elle.

Le spectacle fut sensationnel. Non seulement Abdallah maîtrisait désormais parfaitement l'art du fil, le demi-tour sauté, la danse sur les pointes, la marche au balancier dans le dos, la course en arrière, l'équilibre de tête, le saut périlleux, le tomber à cheval, le caboulot, la rattrape en soleil, le saut sur un seul pied…, mais il ne faisait pas simple démonstration de sa grande maîtrise, ne se contentait pas d'enchaîner des figures. Bien avant que l'on parle encore de « nouveau cirque », Genet faisait déjà, avec le funambule, l'expérience d'un cirque empreint de poésie et très avant-gardiste. Il avait tout pensé dans les moindres détails, tout se faisait écho, depuis les éclairages (Genet maniait lui-même les projecteurs), le maquillage, jusqu'au costume, qu'il avait dessiné pour Abdallah, costume rouge étoilé, qui le sublimait. Sans parler de la musique, minutieusement choisie, un calypso, car c'était en musique que le garçon devait danser sur le fil. La musique habillait le funambule, il serait un roi nu s'il dansait sans musique.

Monique et Juan furent ébahis, même s'ils durent tous les deux, à un moment, tourner la tête, lors du saut périlleux, à six mètres de haut, sans longe et sans filet. Mais Abdallah retomba parfaitement sur ses pieds. Il dansait sur le fil, marchait au-dessus du vide, marchait même sur le vide car le fil devenait par moments invisible. C'était éblouissant de maîtrise, de beauté, ça transpirait l'amour, défiait la pesanteur.

S'ils avaient soutenu, par amitié, par peur aussi de la réaction de Genet à leurs remarques, ce projet fou qu'il portait à bras-le-corps pour Abdallah et avec lui, Juan et Monique avaient, aussi, douté de sa faisabilité. Comment pouvait-on, se demandaient-ils, pratiquer un tel art, aussi dangereux, sans y être poussé par une nécessité intérieure absolue ? L'amour, vraiment, pouvait en tenir lieu ? D'évidence la réponse désormais s'imposait à eux.

À moins qu'ils ne se soient trompés, que Genet ait vu juste en lisant en Abdallah ce rêve qui dormait. Difficile de savoir et Abdallah lui-même ne semblait sûr de rien. Les deux se mêlaient au point de ne plus faire qu'un. Tout désir n'est-il pas une projection aussi de ce que l'autre désire ? S'il avait fabriqué ce rêve pour Abdallah, Genet l'avait aussi rendu très désirable pour son amant.

Le garçon était aux anges en retrouvant Monique et Juan, pour la première fois depuis qu'il avait déserté. Il avait donné tout ce qu'il pouvait donner pour apparaître en son apothéose et cela en valait la peine car ce fut un triomphe que ce premier public, déjà, lui réserva. Genet avant le spectacle le lui avait redit : il fallait sur le fil qu'il danse comme si c'était l'unique représentation, pour qu'elle soit parfaite. Chacune se devait d'être plus belle encore que ne fut celle qui la précédait. C'était la politesse, la moindre, du funambule pour son public.

Abdallah était radieux, Genet l'était aussi. Ni Monique ni Juan n'avaient pensé le voir, un jour, aussi heureux. Il était gai, enjoué. Après la belle présentation du travail d'Abdallah, dans la rue, dans son grand manteau, Genet faisait le clown, des grimaces, tirait la langue quand Monique tentait de le photographier. Abdallah marchait à côté, élégant, les mains dans les poches, fluet sous le blouson qui recouvrait, dans le froid, son pull à col roulé. C'était tout à la fois impalpable et patent, il y avait en lui quelque chose de changé : une forme de présence, une certaine confiance, une façon de se tenir, de relever la tête. Il était autre.

Genet avait organisé une seconde surprise. Ils avaient retrouvé Ahmed dans un petit bar, Le Passage. Tout au long de la soirée, l'ambiance fut à la joie. Monique et Juan, pris de fous rires, racontèrent comment on les avait refoulés de leur hôtel parce qu'ils n'étaient pas mariés. Ils trinquèrent *à ces cons de Hollandais,* se moquèrent d'eux durant toute la soirée en parlant espagnol, pour ne pas se faire comprendre. Genet posait un diagnostic : à part Rembrandt et leur gymnase pour répéter, il n'y avait rien à sauver en Hollande ! Abdallah caressait sa cuisse, sous les faux palmiers du bar qui tentait de recréer, en un kitsch absolu, une atmosphère caribéenne. Monique offrit à Genet ses boîtes de Nembutal, emballées de papiers cadeaux. Il fit, pour la remercier, pour rigoler, une séance de baisemain et tint un cours très détaillé sur la façon correcte de le faire.

Elle sortit ensuite un papier à carreaux, plié en deux, qu'elle avait dans son sac et le remit à Abdallah. Il y avait des dessins dans le bas de la feuille, un cœur et un paquet entouré d'un gros ruban, à côté duquel on pouvait lire *pour toi.* La lettre était de Carole :

Cher abdalha

Je tadord et j'ai reçu ta carte Postal avec la chaîne qui forme le nez du monsieux si je la bouge. J'aimerai que je te vois au fil de fer, parce que maman va te voir au fil de fer. Je voudrais te dire comment c'est passé mon Noël. On a mangeaient une buche de Noël et on a donner les jouets et je me suis coucher au lit avec une poupée de Flo. Le lendemain c'était mercredi avant que maman part en hollande, javait jouet avec mes jouets. Demain à 6 heures maman part, le train à 8 et voilà maman sera parti et setout.

Je t'aime beaucoup.

Abdallah mit du temps pour la déchiffrer mais eut les larmes aux yeux en la lisant. Il remercia Monique, la chargea d'embrasser Carole, cinq ans déjà, de lui dire que bientôt elle le verrait aussi danser en haut du fil. Il rangea précieusement la lettre dans sa poche.

On but encore, beaucoup de genièvre, l'eau-de-vie locale, l'ancêtre dit-on du gin, et on alla ensuite marcher dans le quartier rouge. Le dédale de ruelles serpentait entre les vitrines où s'exposaient, illuminées, les prostituées de la ville. On but dans d'autres bars et on rit jusqu'au petit matin. Abdallah était au sommet du bonheur et Genet lui aussi. C'était le paradis.

Abdallah découvrait le succès et il adorait ça. Après la présentation de son travail à Amsterdam, il fut embauché par différents cirques et tendit son fil à Munich, à Folkestone, à Gand…

Genet avait depuis longtemps de gênants rhumatismes, accentués par le froid et par l'humidité. Pendant qu'Abdallah tournait un peu partout, il en profita pour s'envoler en direction de la Grèce, dont le climat était fortement indiqué pour soigner le mal dont il souffrait.

Il avait longtemps reproché à Sartre et à Cocteau de l'avoir *statufié*, placé trop tôt en haut d'un piédestal. Les statues ne bougent, ne parlent pas. Ils l'avaient par là même, selon lui, bloqué, placé tellement haut qu'il était forcé de chuter, de décevoir s'il écrivait. C'est ce qui l'avait poussé dans des affres dépressives durant plusieurs années, dans un gouffre de silence, avant de rencontrer Abdallah ou de prendre Giacometti, Rembrandt pour des modèles auxquels se raccrocher, pour écrire à nouveau.

En France, on venait de créer sa dernière pièce, *Les Nègres*, qu'il avait dédiée à Abdallah. C'était, à Paris, une des premières fois où le public pouvait applaudir sur scène treize acteurs noirs, treize personnages, aussi, qui dénonçaient la colonisation. Pendant qu'on la jouait, sous le soleil d'Orient, Genet travaillait à l'écriture d'une nouvelle pièce, *Les Paravents*, qui susciterait quelques années plus tard un énorme scandale. Juan et Monique reconnaîtront dans le texte, sous les traits de Saïd, le personnage central, une bonne part d'Abdallah auquel Genet pensait sans cesse depuis la Grèce, en écrivant son texte. Saïd comme Abdallah était recherché, ne savait ni lire ni écrire, ne faisait que s'entraîner, toutes les nuits, se battre, tous les jours, acceptant cependant qu'on le guide dans sa lutte...

Genet adorait la Grèce. Pour sa charge érotique qui, à son avis, était d'une même intensité, sinon plus grande encore, que dans le monde arabe. Pour ses dieux également, que les Grecs avaient su honorer, vénérer, tout en se foutant d'eux. Quelle différence c'était, avec le Dieu chrétien, l'Allah des musulmans ou le Yahvé des juifs ! Les Grecs avaient osé un monde où l'on peut rire. Et ils avaient pour eux, et pour séduire Genet, la tragédie antique, le théâtre de Sophocle et surtout *Antigone* : « incriticable », comme il disait.

Il passa la majeure partie de son séjour dans la banlieue d'Athènes, à Kephissia, annonçant à la presse qu'il apprenait le grec :

> *Ça va faire cinquante ans que je ne parle qu'argot. Il était temps, quand même, que je retourne aux sources. Je finissais par ne plus savoir parler français !*

Sa bonne humeur se laissait lire dans ses courriers. À Bernard, son agent, pour terminer une lettre lui demandant de l'argent :

Mes rhumatismes ? Ah oui, j'aurais donc eu des rhumatismes ? Je vous serre la main.

À Juan, dans une carte :

Les Grecs ? J'en allonge quatre ou cinq par jour sur l'herbe et sur le ventre.

Beaux culs, belles bites, velus, beaux yeux, belles langues.

À Monique :

Les montagnes sont noires. Le soleil radieux. La mer au loin.

Ma parole, j'habite une chanson de Bécaud.

Abdallah aussi recevait de Genet des cartes enthousiastes :

Travaille bien. Écris-moi. Je suis à Delphes pour deux jours. L'Espagnol de Monique t'expliquera ce qu'était le sanctuaire de Delphes.

Je t'embrasse.

Jean.

La nouvelle parvint à Genet via Juan et Monique.

Ils étaient venus un week-end à Gand, où Abdallah se produisait, pour lui rendre visite. Lors de l'entraînement, le funambule tomba.

Il avait chuté de deux mètres, ç'aurait pu être pire, mais s'était fracturé la jambe en se fracassant contre le sol. Au même moment, qui plus est, l'appartement rue Joanès se voyait perquisitionné et Bernard, qui l'avait racheté, interrogé pendant huit heures au siège de la DST. On ne trouva pas, quelle chance, l'uniforme d'Abdallah, bien caché dans la cave.

Monique appela Genet, l'avertit de l'accident. Elle fit de son mieux pour ne pas l'inquiéter, mais les médecins n'étaient pas rassurants. Sans même parler du fait qu'Abdallah, déserteur, devait rester discret et que Monique comme Juan craignaient une dénonciation. Genet vint au galop aux côtés d'Abdallah.

Il était si content de le voir, lui qu'il n'avait pas vu depuis des semaines. Il ne cessait, auprès de Genet, de s'excuser d'être tombé :

— Je me suis laissé distraire. C'est bête, comme chute, trop bête.

Il avait tellement peur, toujours, de le décevoir. Il fit, pour une fois, les cinq prières par jour, demandant à Allah de le faire prochainement remonter sur le fil. Il semblait pressentir qu'en l'absence du fil Genet pourrait perdre tout intérêt pour lui. Il craignait cela plus que tout. Allah prêta l'oreille.

Un médecin de confiance l'opéra en Belgique. Abdallah ne pouvait pas même tenir debout sans quelqu'un pour le soutenir mais ne s'en plaignait jamais. À l'évidence pourtant, sa jambe le faisait souffrir. L'intervention coûta cher, elle fut utile mais ne suffit pas. Genet écrivit à Bernard :

> *Abdallah va très mal. Je dois l'emmener à Londres pour une nouvelle opération. Moins grave que la première, mais très emmerdante tout de même.*
>
> *Téléphonez d'urgence pour que j'aie de l'argent tout de suite.*

Bernard put vendre certains droits, notamment ceux pour une version anglaise de *Notre-Dame-des-Fleurs* et, comme un miracle de la rose, l'état d'Abdallah s'améliora ; il ne fut pas besoin de l'opérer une seconde fois.

Il passa néanmoins quatre semaines de rééducation à Gand, Genet à ses côtés, pour l'appuyer et très souvent, aussi, pour le faire rire. Ahmed, Monique et Juan vinrent chaque week-end rendre visite à Abdallah, toujours chargés de croissants, de fromages, de bonne humeur et de cigarettes dans leurs bagages. Erika vint aussi, que Genet comme Monique, décidément, ne supportaient pas. Ils ne manquaient pas de quitter la pièce au moment même où elle entrait.

Depuis la désertion d'Abdallah, elle ne le voyait que peu ; ils se téléphonaient régulièrement. Erika feignait de fermer les yeux sur ce qu'elle nommait le duo – elle n'osait dire *le couple* – Abdallah et Genet. Ils en parlaient à peine ensemble. Seul Abdallah lui importait. Il était son premier amour, elle était son premier amour ; leur amour serait plus fort qu'un vieux bonhomme libidineux, prétentieux et soucieux seulement de sa personne. Plus fort aussi que leur éloignement, que la désertion, que les soubresauts de leur relation. Elle en était convaincue, d'autant qu'ils auraient ensemble bientôt – elle pressait Abdallah à ce sujet – des enfants : dès qu'ils seraient mariés et qu'Abdallah aurait rencontré ses parents, en Grèce. Ce serait sa victoire, implacable, sur Genet. Il pouvait bien ne la considérer que comme une imbécile, elle n'était dupe de rien ; elle gagnerait. Elle était ce qui durait, il était ce qui passerait. L'admiration d'Abdallah pour Jean, sa lubie de vouloir, du jour au lendemain, devenir funambule, son envie de tournées, sa soif de succès… tout ça la dépassait mais tout cela passerait. Erika en avait l'intime conviction. Bientôt, son Abdallah cesserait d'être le funambule pour redevenir celui qu'elle aimait, qui lui promettait une vie, c'est vrai, rangée mais heureuse, à Paris ou à Athènes. Ils avaient même choisi ensemble, dans un grand magasin, la couleur des carreaux de faïence pour leur future salle de bains !

Abdallah, quand il la vit entrer, essaya de se lever pour venir l'embrasser, mais il n'y parvint pas. À défaut, il se dressa sur son lit. Déjà, il la désirait. Entre eux c'était une attirance magnétique, depuis le premier jour où il l'avait croisée, renforcée par le fait qu'il savait qu'elle l'aimait pour celui qu'il était. Elle s'autorisa le droit de passer la nuit à l'hôpital. Abdallah lui promit que, remis sur pied, il viendrait faire la connaissance de sa famille et demanderait sa main. Erika songeait déjà à régler les moindres détails de ce rendez-vous déterminant. Il faudrait qu'il apprenne deux ou trois mots de grec, pour impressionner ses parents. Et il pourrait chanter aussi, au moment du dessert, quelque chose en arabe. Son père aimait chanter, il adorerait ! Et cuisiner le couscous, un midi, pour eux tous. Abdallah promettait, amusé par l'emportement d'Erika.

Le soir, ils firent l'amour dans la chambre d'hôpital. Il s'agissait de vérifier, disait la jeune femme, s'il avait là aussi besoin d'une séance de rééducation. Elle mit son cœur à l'y aider et repartit le lendemain pour Paris, où son travail l'attendait.

Les premiers jours après l'opération, les muscles d'Abdallah lui semblèrent bizarres, spongieux. C'était un peu comme s'ils ne le reconnaissaient pas, qu'ils étaient hébétés ; il ne parvenait pas à les faire obéir. Il sentait en se levant le sol se dérober, ses jambes ployaient sous lui. Il avait dans sa chute gardé son balancier mais perdu en tombant toute son identité. Il était funambule, il avait pu, enfin, le devenir entièrement : il était Abdallah, Abdallah le funambule. Pourtant qu'était-ce, un funambule, se demandait-il, qui ne pouvait pas marcher sans l'aide de deux béquilles ? Qui ne parvenait même pas à monter l'escalier ? Ce n'était, comme sa mère, plus qu'un handicapé. Ce n'était pas un funambule. Donc ce n'était pas Abdallah.

Il avait à ses propres yeux disparu en tombant, pour n'être plus que rien. Personne. Une coquille vide.

Dans sa chambre d'hôpital, chaque jour, il tentait de se lever. Il esquissait un pas mais trébuchait déjà. Quand il ne parvenait pas, dans sa chute, à se rattraper à quoi que ce soit, il tombait sur le sol, sur le carrelage glissant, froid, dépité, honteux.

En quelques semaines, il fit des progrès colossaux.

Non seulement il marcha, mais reprit l'entraînement. Il y avait en lui une détermination, une combativité, une soif de vaincre, d'emporter les défis qui faisaient l'admiration de tous. C'était douloureux, c'était titanesque, cette route à parcourir, mais il avançait, de jour en jour, toujours vers ce qu'il était avant son accident. Abdallah le disait : il avait l'impression de ne vivre vraiment qu'en l'air, en haut du fil. Seul le fil désormais était pour lui réel ; il n'y avait plus rien d'autre pour le faire exister.

Il remarcha bientôt à un mètre du sol, esquissa des figures puis marcha à trois mètres, à six mètres. C'était à deux mètres que les choses bloquaient. Deux mètres, c'était cette hauteur d'où il était tombé ; il devait y avoir une mémoire du corps. Sa jambe se raidissait, ou bien il dérapait, il manquait de chuter dès qu'il se retrouvait, à nouveau, à deux mètres du sol.

Il mit un temps plus long à pouvoir retrouver, à ces deux petits mètres, toute sa dextérité, mais il la retrouva.

En quelques mois, tout juste remis, Abdallah dansait à nouveau en haut du fil.

— À Koweït ! Abdallah s'en ira bientôt jusqu'à Koweït ! Avec le cirque Orfei !

Monique dut éloigner, un peu, le combiné de son oreille tant Genet y hurlait sa joie. C'était apparemment en cinq minutes à peine que le patron d'Orfei, le grand cirque italien, avait retenu Abdallah pour sa tournée.

— Très sympa le patron, renchérissait Genet, pas prétentieux du tout comme ceux des cirques allemands, hollandais ou bien belges. Je suivrai la tournée d'abord en Italie, pour veiller à ce que tout se passe bien et puis pour peaufiner aussi le numéro. Ensuite Abdallah s'envolera sans moi jusqu'à Koweït. Je retournerai en Grèce, reprendre mes *Paravents*. Il y a dans la pièce beaucoup à corriger, mais je sais comment faire.

Monique était ravie d'entendre ces bonnes nouvelles. La suivante finit de la combler.

— Écoutez-moi, Monique : on va faire un crochet, on va venir à Paris d'ici quelques semaines vous rendre une visite. C'est risqué, c'est certain, mais nous avons un plan. On restera cachés dans un des camions du cirque pour passer la frontière, ce sera le meilleur moyen de ne pas être aperçus. On en a discuté, pas mal, avec Orfei et ils ne fouillent jamais vraiment tous les camions. Ça devrait nous permettre, surtout à Abdallah, de revoir un peu Paris en revenant d'Italie. Il voudrait embrasser sa mère, ça fait un bail maintenant qu'il ne l'a pas revue. Et vous embrasser vous, bien sûr, et puis Carole et Juan.

C'était risqué. En pleine guerre d'Algérie, le gouvernement français n'était pas des plus doux avec les déserteurs quand il les attrapait.

Abdallah et Genet restèrent cachés dans le camion des chevaux. Les fauves, les éléphants, le camion des chameaux étaient bien trop prisés : les douaniers, curieux de spectacles animaliers, demandaient qu'on les ouvre. Ça leur faisait le soir, à la maison, des histoires à raconter à leurs enfants. Ils jetaient un œil aussi parfois aux zèbres, aux ours, quand il y en avait, aux lamas, mais quasiment jamais aux chevaux. Ce n'était arrivé qu'une fois, un douanier d'Angleterre, passionné de courses hippiques, qui ne montrait d'intérêt que pour les équidés. C'était moins risqué que de rester caché dans une des caravanes. Ils en ouvraient toujours cinq ou six au hasard, on ne pouvait prédire lesquelles.

Il y avait dans le camion, qui puait le crottin, différents boxes de bêtes, les uns à côté des autres. Abdallah et Genet étaient assis sur des bottes de foin. Ils avaient prévu, si le camion s'arrêtait et que l'on entendait des voix se rapprocher, de se glisser sous la paille, de s'en recouvrir et de rester cachés le temps de l'inspection.

Genet dormit, assis dans le foin, une bonne part du trajet. Abdallah également, quoique moins longuement. Le reste du temps, ils discutèrent du numéro, de ce qu'on pouvait encore améliorer, de ce qu'il serait possible d'y intégrer pour le faire évoluer.

À l'approche de la frontière, le véhicule s'immobilisa. Abdallah sentait son cœur battre, se demandait si, en cas de contrôle, il aurait le temps de s'échapper en courant du camion, de pousser le douanier, quitte à lui asséner un coup, ou s'ils seraient plusieurs à opérer le contrôle et qu'ils lui feraient barrage en l'empêchant de prendre la poudre d'escampette. On entendait des voix, des portes lourdes s'ouvrir, claquer, se refermer.

Cela dura trois quarts d'heure mais personne n'ouvrit la porte. Le moteur du camion se remit à ronfler et on reprit la route, tranquillement, jusqu'aux abords de Paris où le cirque prenait quelque temps ses quartiers avant de partir pour le Koweït.

Genet et Abdallah ne passèrent que deux jours, discrètement, à Paris. Le patron d'Orfei avait préféré remplacer, en France, le numéro de fil par celui d'un magicien, pour mettre le funambule à l'abri de tout risque. Durant ces deux journées, Genet dormit à l'hôtel, Abdallah au trente-trois de la rue Poissonnière, toujours pour ne pas, ou bien le moins possible, attirer l'attention.

Dès le premier matin, il partit rendre visite à sa mère, dont l'état se détériorait. Abdallah s'en inquiétait. Elle était essoufflée au point de ne plus pouvoir qu'à peine s'extirper de son logement. Ils passèrent la journée ensemble. Avant de s'en aller, son fils lui remit une enveloppe, préparée par Monique – à la demande de Genet –, pour payer son loyer durant les prochains mois.

Le lendemain, un jeudi, Monique devait se rendre chez Gallimard, Juan travaillait dans son bureau et Abdallah passa toute la journée avec la môme Carole, sept ans maintenant. Elle n'avait pas école et adorait le jeune homme.

Ils firent ensemble des dessins, jouèrent à cache-cache. Deux fois dans l'après-midi, il y eut des appels anonymes où la voix, certainement quelqu'un de l'OAS, menaçait au bout du fil de s'en prendre à la fille. C'était devenu monnaie courante depuis que Monique avait signé le manifeste sur le droit d'insoumission.

Abdallah finit par laisser décroché le téléphone et préféra mimer longuement pour Carole, utilisant les lignes entre les plinthes sur le parquet, son numéro de funambule. Il posait un pied devant l'autre, déployait les bras pour s'équilibrer, exagérant le geste, pliait les genoux, tentait un saut, retombait sur la ligne, parfaitement, tandis que la petite Carole tentait de l'imiter mais se rattrapait à une chaise pour ne pas tomber de ce fil imaginaire.

— Est-ce qu'il faut des chaussons pour marcher sur ton fil ?

— Oui avec des chaussons, tu as raison, c'est mieux. Ou bien pieds nus, ça marche aussi.

Abdallah ôtait alors ses chaussures, ses chaussettes, puis reprenait la démonstration dans le salon, après avoir bougé quelques chaises dans la pièce, pour agrandir l'espace. Carole contemplait, fascinée, son avancée. Ses pas en avant, en arrière. Il lui offrait sa main en guise de balancier, pour bien s'équilibrer sur ce fil irréel. Il évoquait ensuite le numéro qu'Ahmed faisait aussi au cirque, un numéro de voltige. Il hissait alors la petite Carole au bout de ses bras, lui montrait comment Ahmed portait son écuyère, debout sur le cheval, faisant le tour de la piste, puis la jetait en l'air avant de la rattraper, toujours à bout de bras. Carole était hilare, folle de joie, de rires, de sourires.

— Encore, encore, je veux refaire comme Ahmed et puis encore comme toi, encore, allez, une dernière fois !

Ce fut, pour Carole et pour Abdallah, un très bel après-midi.

Genet, de son côté, en profita pour voir Jacky, le beau-fils de Lucien, un ancien amant qu'il évoque dans *Le Journal du voleur.* Il avait fait tourner Lucien dans le seul de ses films, *Un chant d'amour,* où il jouait le rôle d'un détenu plein de désir pour celui enfermé dans la cellule à côté. Ils ne communiquaient que par un trou percé dans le mur de la prison. Le film, tout en sensualité, campait dès les années cinquante des scènes masturbatoires et d'amour entre hommes. Il circulait sous le manteau, sans être distribué.

Genet connaissait donc Lucien depuis longtemps et Jacky depuis qu'il était petit. C'était même lui qui avait appris au bambin à former toutes les lettres qui composent l'alphabet. Il avait toujours eu, pour Jacky, une très grande affection et beaucoup de tendresse.

Âgé de dix-huit ans, le jeune homme était recherché par la police, pour un vol de voitures. Genet le convia à dîner rue Poissonnière. Abdallah lui aussi l'aimait beaucoup, ainsi que ses parents, Lucien et Ginou, qu'avant de déserter il allait voir souvent dans le sud de la France.

Jacky avait tout pour plaire à Jean. Mais Abdallah alors, malgré sa chute, était en confiance. Il ne se sentait nullement menacé dans sa relation avec Genet, car il se sentait bien tout à la fois avec lui-même et avec Jean.

Le dîner rue Poissonnière fut un repas de fête et tout

le monde trinqua au succès d'Abdallah. Monique et Juan étaient aux anges : il était rayonnant. Déjà sur pied en si peu de temps, quelle performance. Sa grande rigueur et sa persévérance faisaient l'admiration de tous. Que d'efforts il avait dû surmonter pour qu'à nouveau et à ce point son corps lui obéisse. C'était impressionnant.

Genet racontait leur tournée italienne, riche en émotions et en anecdotes. Un soir, un spectateur avait fait irruption sur la piste parce que la musicienne refusait de lui chanter la chanson qu'il demandait. Il avait voulu se battre et le patron avait fait appeler, en renfort, son fils et des amis pour le canaliser. Abdallah, pendant ce temps, patientait derrière le rideau, attendant de faire son numéro tandis que Genet, hilare dans le public, observait toute la scène sans en perdre une seule miette.

— Pour un peu c'était une tuerie, vous voyez le climat ? Irrésistible, le monde du cirque, n'est-ce pas, Monique ?

Abdallah écoutait, souriant aux exagérations toujours plus nombreuses, chaque fois que Genet racontait cette histoire. Il rougissait ensuite quand il évoquait la splendeur inouïe de son nouveau numéro et il intervenait pour ajouter des touches de modestie à ce que Genet disait de lui. Il se moquait, enfin, gentiment de son Jean qui ne conduisait pas, qu'il devait transporter tous les jours en voiture, *comme une princesse*, avant ainsi qu'après la représentation. Monique et Juan riaient.

Abdallah était heureux de se sentir aimé par Jean et de l'avoir près de lui. Si certains sont accros au tabac, à la coke, à l'alcool ou au sexe, lui était désormais addict à deux choses : au fil et à Genet.

Après la tournée italienne, Genet partit en Grèce et Abdallah suivit la troupe du cirque Orfei en route pour le Koweït.

C'était la première fois depuis un long moment qu'il jouerait sans que Genet soit dans les gradins ou derrière le rideau qui cachait les coulisses. En grimpant sur l'échelle, pour accéder au fil, il se l'imaginait dans son hôtel d'Athènes, peut-être en train d'écrire ou de déambuler dans les rues de la ville. Il savait qu'il ne fallait surtout pas y penser, ne plus penser à rien, rien que son numéro, mourir au monde, entièrement, avant que d'apparaître. Que de fois Jean avait pu le lui répéter. Il eût été furieux s'il avait su qu'Abdallah pensait un tant soit peu à lui en montant à l'échelle.

Au sommet du chapiteau et de sa gloire, Abdallah se tenait prêt, avec son balancier. Il écoutait jouer l'orchestre et attendait le coup de cymbale qui serait le signe de son entrée. À peine eut-il retenti qu'Abdallah apparut, marchant très lentement sur le vide. On fit un grand silence jusqu'à son caboulot. Il entendit ensuite la salve d'applaudissements, le public qu'il sentait vibrer au-dessous de ses pieds.

Il enchaîna par un grand écart, parfaitement maîtrisé, et se redressa pour le saut périlleux, lentement. Il reprit sa respiration, concentré à l'extrême, le regard fixe devant lui. Il ne faisait qu'un avec le fil. Il donna l'impulsion et son corps s'élança pour faire un tour complet sur lui-même dans les airs mais, en atterrissant, le fil se déroba sous son pied. Abdallah tomba. Il perdit connaissance.

Lorsqu'il rouvrit les yeux et qu'il se réveilla, il était dans un hôpital. *Un vrai miraculé,* lui dit une infirmière, *c'est avant tout le genou qui a encaissé le choc. Vous ne pourrez plus marcher comme avant, mais vous vous en sortez bien.* Il ne commenta pas et demanda qu'on appelle un numéro en Grèce.

Dès qu'il eut raccroché et parlé à Genet, Abdallah sut avec certitude que quelque chose venait de basculer. Basculer dans le mauvais sens. Le fil était devenu, avec le temps, ce qui le reliait à Jean. Il le savait, s'y était accroché coûte que coûte pour continuer de plaire, désespérément, à Genet. Maintenant qu'il n'était plus funambule, qu'il ne pouvait plus danser sur son fil, la vie d'Abdallah allait dérailler. Instinctivement, il le savait. En tombant de son fil pour la seconde fois, il était tombé avant tout dans l'estime de Genet. Il perdrait pour lui sa grâce. Un lien venait de se rompre, soudain et à jamais.

Même si Genet, d'abord, ne se l'avoua pas, ces craintes d'Abdallah furent confirmées. À son agent, Bernard, il écrivit :

La lettre que je reçois ce matin d'Abdallah est assez désolée ; il ne remontera probablement plus jamais sur le fil : le genou est en très mauvais état. Moi aussi je suis très mal-

heureux. C'était un merveilleux acrobate, acclamé chaque fois par le public, et finalement on ne saura pas ce qu'on peut faire d'admirable en acrobatie si on adopte une discipline très stricte. Avec Abdallah sur le fil j'avais réussi une espèce de chef-d'œuvre. Tout est foutu en l'air. Il est tombé en faisant le saut périlleux sur sa jambe opérée. Il ne boitera peut-être pas, mais il n'est plus question qu'il remonte sur le fil. Son genou était très amoché, depuis sa première chute, à l'âge de 12 ans. Le chirurgien anglais était d'ailleurs très pessimiste. Dommage. Mais je ne le laisserai pas tomber. Je veux qu'il quitte le cirque et qu'il vienne me rejoindre en Grèce. Comme j'aurai besoin de beaucoup d'argent, restez en contact très amical avec les Germains, j'aurai besoin d'eux. Pour le moment je reste à Athènes, mais je me demande si je vais travailler avec goût. Je suis écœuré.

Quand il vint le rejoindre en Grèce, Abdallah pour Genet était devenu, déjà, un livre refermé. Elle est toujours cruelle, douloureuse et injuste, la perte des sentiments que l'on éprouve pour quelqu'un. Ils sont là, ils sont tout et soudain, sans qu'on y puisse rien, ils s'envolent, ne sont plus rien.

C'était entre eux, depuis cinq ans, une aventure. Une belle aventure, une aventure totale et périlleuse, artistique et humaine, amoureuse. Une aventure faite à la fois de joie, d'humour, de légèreté, de sérieux, de travail, de beauté. Tout comme écrire un livre, pour Genet, était une aventure… avant d'en vivre une autre, d'en écrire un nouveau.

Que serait une aventure qui dure l'éternité ? Ce ne serait pas une aventure, on en perdrait l'intensité. Une aventure se doit d'avoir une fin. Genet le savait, probablement depuis le début. Abdallah voulait ne pas le savoir, ne pas le croire.

— Je ne te laisserai pas tomber, lui dit Genet d'emblée, lors de son arrivée en Grèce.

Il prononça ces mots très affectueusement, ces mots qu'il avait dits, déjà, au téléphone, qui se voulaient rassurants. Mais Abdallah savait : c'était trop tard déjà, il n'était plus, pour lui, qu'un poème déchiré parce qu'on le trouve mauvais, il n'était plus un chef-d'œuvre.

Le premier accident, en Belgique, avait été pour Abdallah une force, une source d'énergie, un défi à relever. Le second, à Koweït, prit une saveur amère, un goût de découragement et de résignation, de combat que l'on perd et de séparation.

Le funambule qui chute est à la fois l'acteur et le spectateur de sa propre chute : Abdallah se vit tomber plus bas que terre.

Très vite, la cohabitation ne devint plus tenable. Genet se montrait distant, il sortait tous les soirs, seul ou, tout du moins, sans Abdallah. Dans le même temps, il poussait le garçon à se réinventer, à progresser, à avancer vers autre chose. Puisqu'il aimait le cheval, que son genou ne l'empêchait pas de monter, qu'Ahmed réalisait un numéro de voltige, pourquoi ne pas faire de l'équitation ? Genet pourrait le soutenir, acheter un canasson, lui payer des leçons, même lui acheter un cirque qui ferait plus de mille places !

Mais Abdallah était aigri. Il n'avait plus la force de croire en rien, ni l'envie d'y croire. Sur le fil il était grisé, brillant, heureux. Il se sentait à la hauteur. Maintenant redescendu, il n'était plus personne, plus rien, commun et malheureux. C'était un abaissement, cette vie sous le fil. Il était désormais comme au-dessous de lui-même, un sous-homme, qui menait une sous-vie, sans aucun intérêt.

Peu de temps après son arrivée en Grèce, il se disputa très fort avec Genet.

— Pour toi j'aurai été seulement qu'un numéro ! Un numéro de fil, un numéro sur ta liste avant que tu passes à un autre numéro !

Abdallah se montrait jaloux et supportait de moins en moins le fait de vivre caché, le rythme de ses journées. Sur la terrasse de leur hôtel, il saisit le verre d'ouzo que sirotait Genet et le jeta au sol.

— Arrête, Abdallah. Échappe-toi, sors de toi, par la bouche ou par ton cul, mais sors, ne reste pas là, fais quelque chose de toi !

Genet était au sommet de sa gloire. Ses pièces étaient jouées dans le monde entier. Du temps où ils vivaient tous deux rue Joanès, c'est Abdallah qui avait porté le manuscrit du *Balcon*, traduit en anglais par Bernard, à celui qui maintenant créait la pièce en France : Peter Brook. Comme ce temps semblait loin, déjà. Genet montait, il rayonnait quand Abdallah ne faisait, lui, que dégringoler toujours plus bas. Il disparut.

Genet se fit un sang d'encre. Il contacta évidemment Monique ; elle ne savait rien, n'avait aucune nouvelle et mourait elle aussi d'inquiétude. Il la missionna d'une visite à la mère d'Abdallah, qui n'en savait pas plus. Erika, sa petite amie, disait elle aussi ne pas être au courant de quoi que ce soit. Ahmed était injoignable, occupé à tourner son numéro équestre dans on ne sait quel pays.

Deux semaines après leur dispute et quelques jours avant de venir à Paris pour la première du *Balcon*, Genet, dans une lettre à Bernard, confiait :

> *Il y a quinze jours que je n'ai rien écrit. Coincé par une scène de la pièce, mais surtout très inquiet au sujet d'Abdallah que je ne reverrai peut-être jamais.*

La vie d'Abdallah ne tenait qu'à un fil. Le fil s'était dérobé sous ses pieds.

Il était blessé, physiquement, intérieurement. Il avait vingt-trois ans ; il découvrait ce qu'était une rupture amoureuse, comme c'était douloureux. D'autant qu'il n'avait plus désormais de travail et risquait la prison. Depuis son accident, le second, la vie paraissait fade, morne. Erika était venue le retrouver en Grèce, où ils avaient passé du temps dans sa famille. Le père tout comme la mère, ainsi que les frères et sœurs, tous étaient adorables mais Abdallah vivait sa rencontre avec eux sans nulle intensité, tout semblait insipide.

Erika assez vite repartit pour Paris alors qu'Abdallah, lui, n'avait toujours pas le droit de mettre les pieds en France. Il vivait alors qu'il aurait pu, comme Weyland, le trapéziste, laisser sa peau dans l'accident. Pourtant, lorsqu'Abdallah repensait à Weyland, il lui enviait sa fin tragique, celle-là même que Genet, si souvent, lui avait demandé de raconter en détail.

Plus grand-chose ne reliait Abdallah et Genet. L'histoire était finie. Mais Abdallah n'ayant plus d'argent, ni nulle part où aller, après plusieurs semaines passées avec Ahmed, au Maroc, il rejoignit Jean dans son hôtel en Grèce.

Genet lui suggéra de larguer les amarres et de partir solo à l'autre bout du monde, de découvrir des choses qu'il ne connaissait pas, de se nourrir des autres, d'aller à leur rencontre. Il pourrait, par exemple, se rendre jusqu'en Chine, s'initier à de nouvelles techniques d'acrobatie, ce qui lui permettrait, ensuite, de trouver un métier, un autre, dans un cirque. Il vendit le portrait fait par Giacometti et remit au garçon tout l'argent qu'il fallait pour voyager. Abdallah ne pouvait s'empêcher de penser que Genet, surtout, cherchait à se débarrasser de lui. Il se rendit tout de même plusieurs mois en Orient, Proche et Moyen, en Asie, au Japon.

Au début de son voyage Genet fut désœuvré, littéralement, privé de son œuvre. Il s'en ouvrit à Bernard dans plusieurs de ses lettres :

> *L'idée d'écrire m'est devenue insupportable. Écrire me dégoûte de plus en plus, mais je n'ai pas encore réussi à faire quelque chose de vrai. Je patauge dans une bouillasse de mots cons. Les critiques les plus élogieuses ne sont pas là pour me rassurer, puisque leurs auteurs sont des andouilles.*

De même qu'il avait porté Abdallah aux nues, il avait été porté, lui aussi, par le garçon. Sur un temps resserré, celui de leur amour, il avait écrit *Le Balcon, Les Nègres, Les Paravents, Le Funambule, L'Atelier de Giacometti* : c'était faramineux ! À nouveau désormais, pourtant, Genet bloquait. Mais on ne détruit que ce qu'on remplace. Une vieille maison par un immeuble, un poème par un autre poème, la monarchie par la démocratie, un rêve par un autre, un amour par un autre et Genet remplaça Abdallah par Jacky.

Il avait cinquante ans, Jacky dix-huit, le même âge qu'Abdallah quand il avait connu Genet, le même âge qu'Olivier, quasiment, quand il avait connu Genet, cet âge qui le fascinait, la fin de l'adolescence. Lui était vieux, maintenant d'un demi-siècle, et il faisait, il s'en était bien rendu compte, plus vieux encore que son âge : ses dents étaient gâtées, bientôt il lui faudrait porter un dentier, il avait un rein malade, des rhumatismes, une partie du crâne entièrement chauve, qui le faisait ressembler à un petit champignon, comme dirait de lui bientôt son éditeur anglais. Certes, « le jeune homme est beau, mais le vieillard est grand », aimait-il dire à Monique, d'un ton badin, lui récitant Victor Hugo, mais le poème cachait très mal la piètre estime qu'il avait de son corps, qui le faisait souffrir :

— N'est-ce pas Monique, que vous n'auriez jamais pu m'épouser, parce que vous me trouvez laid ?

La vue de son corps dans le miroir, flasque, comme en proie déjà au pourrissement et à la mort, rappelait à Genet les tableaux de Rembrandt. Il escomptait toujours écrire un livre sur lui et avait rédigé plusieurs centaines de pages, stockées dans une valise. Malgré la vieillesse de la chair, Rembrandt savait faire resplendir ses modèles, par la lumière. Celle qui devait éclairer bientôt la vie de Genet s'appelait donc Jacky.

Il était, rappelons-le, le fils adoptif de Lucien, un ancien amant de Genet. Il aimait les voitures, puisqu'il en volait.

Ce fut pour cette raison que Genet suggéra qu'il devienne pilote. Il pourrait l'entraîner, l'aider à y arriver… Il remplaça ainsi un danger par un autre, le cirque par l'auto, Abdallah par Jacky, et se lança entier dans une quête nouvelle : faire de ce jeune garçon un champion de courses automobiles.

Genet fit déserter Jacky, comme Abdallah quelques années plus tôt, et ils partirent ensemble vivre à l'étranger, en Angleterre. Il épousa là-bas la fille d'un policier ; Genet fut le témoin de leur mariage. Avec Jacky ils furent pris d'un fou rire lorsque Genet, sur le registre de la mairie, inscrivit le mot *voleur* comme profession, à côté de son nom. Il acheta une petite maison pour les deux jeunes gens, dans la campagne anglaise, puis chargea Bernard de trouver plus d'argent. Grâce à la vente de ses droits pour les États-Unis, Genet put offrir une Lotus 22, splendide, à son nouveau compagnon.

— J'ai un peu honte, tu sais, confia Jacky à Genet.

— Pourquoi ? Tu n'assumes pas ?

— Si si, j'assume, non, ce n'est pas ça.

— C'est quoi alors, dis-moi ?

— J'ai un peu honte parce que la Lotus…

— Quoi, la Lotus ?

— Elle est plus belle que moi.

Genet embrassa Jacky. Lui, contrairement à Abdallah, ne riait pas quand il posait ses lèvres sur les siennes.

Au commencement, Genet ne connaissait rien aux courses automobiles. Il ne savait d'ailleurs même pas conduire, n'avait pas son permis. Sur les circuits, il croisa le comédien Jean-Louis Trintignant, passionné de sport mécanique et neveu de Pétoulet, un des deux seuls Français, dans les années cinquante, à courir pour Ferrari en formule 1. Il lui confia quelques tuyaux et Genet estima que ce serait suffisant pour entraîner Jacky.

Comme avec Abdallah, pour le faire apparaître à lui-même dans son apothéose, il le fit travailler sans relâche. Il identifiait les gestes superflus, chronométrait chacun de ses temps, les analysait, dessinait la meilleure façon de prendre un virage. Il entraînait son compagnon, faisait tout pour qu'il gagne des courses, non pas tant contre un adversaire que pour remporter un combat qu'il aurait mené contre lui-même.

Il se montra aussi exigeant avec lui qu'il avait pu l'être avec Abdallah. Jacky devait comprendre, aussi, qu'il lui fallait quitter le monde avant de mener sa course, ne faire qu'un avec elle. Genet, pour l'y aider, surveillait de très près son alimentation, l'incitait à ne plus boire, comme lui désormais, une seule goutte d'alcool, contrôlait son sommeil, ses fréquentations et le faisait travailler tous les jours, avec une grande exigence mais toujours dans la joie, dans l'humour, dans l'action.

Comme avec Abdallah, tout aurait pu rater ; tout aurait dû rater. Pourtant, cela réussit.

Jacky remporta des courses, d'abord en Italie, à Monza, avant d'empocher en Belgique le Grand Prix de Chimay.

Genet contemplait chaque coupe, chaque victoire, chaque circuit, chaque course comme une part de son œuvre et il en était fier.

Certains trouvent dans le voyage une énergie nouvelle, salvatrice dans laquelle ils vont pouvoir puiser. Le moi catapulté dans un tout autre ailleurs reconquiert des assises, il se redéfinit, se tourne vers les autres, puis il relativise la souffrance qu'il endure. C'est une chance. D'autres, comme Abdallah, s'avèrent bien incapables de vivre ainsi le voyage et ne se retrouvent que plus terriblement face à eux-mêmes, à ce qu'ils fuient, face à leurs peurs, à leurs contradictions, à leurs déceptions. Ils se sentent en voyage encore mille fois plus seuls qu'ils ne l'étaient avant de larguer les amarres.

Lors de son échappée à l'autre bout du monde, il n'échappa donc pas à l'emprise de Genet, qui continuait de l'obnubiler. Abdallah ressassait, refaisait chaque jour cette folle aventure qu'ensemble durant cinq ans ils avaient eu la chance de vivre et qui arrivait en bout de course. Cependant, en voyage, il prit conscience d'une chose : il n'avait déserté que pour séduire Genet et souhaitait désormais pouvoir revenir en France, espérant retrouver, dans ce retour à Paris, quelque chose de ce qu'était sa petite vie d'avant Lui.

À son retour d'Orient, Abdallah prit conscience d'être devenu pour Genet comme un fil à la patte. Tout était trop, chez Genet. Bien trop intéressé, puis désintéressé, trop tout, ensuite trop rien. Il n'avait plus d'yeux désormais que pour Jacky. C'était un peu comme si, depuis son accident, du jour au lendemain, il avait cessé d'exister. Or pour ne pas chuter, le funambule a besoin, viscéralement, qu'on le regarde. C'était Genet lui-même qui le lui avait dit, très tôt, en évoquant la figure de cette femme, Camilla Meyer, qu'il avait empêchée de tomber en la soutenant de son regard, sur son fil, à Marseille.

Genet se sentait en partie responsable de la situation pour le moins compliquée où se trouvait Abdallah, de son désarroi, responsable de lui, plus que ne l'était sa mère. Il usa de relations pour tenter de l'en sortir. Il appela Monique, appela Bernard, des avocats qu'il connaissait, Jacques Vergès et Roland Dumas, des connaissances de connaissances pour qu'on lui organise un rendez-vous particulier.

C'est ainsi que Genet fut invité pour un dîner à Matignon, en tête à tête avec le Premier ministre : Pompidou. Il parvint à séduire l'homme politique, agrégé de lettres, lui parlant longuement de la Grèce, qu'il connaissait bien. Pompidou s'engagea à ce que, très vite, la situation d'Abdallah soit régularisée. Il tint parole et le jeune déserteur put regagner la France.

Abdallah vivait désormais à Paris mais il n'était qu'un mort-vivant, car mort, pensait-il, aux yeux de Jean.

Genet veillait toujours, pourtant, à ce qu'il ne manque de rien, qu'il soit logé, qu'il n'ait pas faim, mais il se tenait loin. Il était dans ses relations toujours celui qui rompt, mais ne rompait jamais totalement. Il avait dégoté pour son ancien amour une chambre de bonne dans la rue de Bourgogne, sous les toits, louée par Nathalie, la danseuse du *Jeune Homme et la Mort*, qu'Abdallah avait vue sur scène avec Monique. Par Bernard, il faisait remettre au garçon des livres de Gallimard pour les vendre aux bouquinistes des quais de Seine, tirant d'eux un bon prix. Genet faisait livrer aussi pas mal d'argent à la mère d'Abdallah.

Évidemment, pour Abdallah, l'argent ne valait rien. Il ne pensait qu'à Genet, à ce qui se terminait, à ce qu'il regrettait. Pour Monique et pour Juan, c'était une vraie souffrance de le voir si mal en point. C'était insupportable, d'autant que rien n'y faisait, ni les mots bien trouvés, ni l'affection, ni tout ce qu'ils tentaient pour changer ses idées. Abdallah n'avait pas retrouvé un travail dans le cirque et déchargeait de lourds cageots de fruits et de légumes, à Paris, aux Halles, pour les marchés de la ville, avec Ahmed.

Monique ne parvenait pas à s'ôter de la tête l'idée que l'accident survenu au Koweït n'était pas, dans le fond, accidentel.

Genet, lors des entraînements, ne pardonnait rien à Abdallah, ne laissait rien passer. Son numéro était absolument splendide : pour Genet, ça n'était pas assez, ça n'était pas parfait. Il était Pygmalion, il sculptait Abdallah tout comme Giacometti sculptait une statue. Et il plaçait son œuvre non sur un piédestal mais encore au-delà. Il portait Abdallah, littéralement, aux nues.

C'était trop. Trop haut, trop exiger de lui. Abdallah ne pouvait pas être à la hauteur, c'était impossible. C'était devenu pour lui bien trop lourd à porter, invivable ; il ne pouvait qu'échouer. Voilà pourquoi, selon Monique, il avait fait le choix de tout abandonner en se laissant tomber du fil. Il avait voulu soupeser l'amour que lui portait Genet, voir s'il serait capable, comme il le prétendait, de l'aimer pour ce qu'il était, avec ou sans son fil.

Il venait souvent rue Poissonnière, apportant pour le déjeuner un poulet tombé du camion. Un jour, Monique et Juan le trouvèrent au plus mal. Elle le pria de revenir pour le dîner et sut convaincre Genet, alors à l'étranger avec Jacky, d'appeler Abdallah lorsqu'il serait chez elle. Il fallait qu'il lui parle, c'était impératif, qu'il lui dise quelque chose, n'importe quoi qui puisse un peu le réconforter. Genet accepta.

Un grand sourire illumina le visage délicat d'Abdallah lorsque Monique, lors du dîner, lui annonça que Genet lui passerait ce coup de fil. Il sembla renaître.

Le temps passait, l'entrée, le plat, le fromage, les desserts, on servit le café et Genet n'avait toujours pas téléphoné. Passé minuit, Abdallah repartit, avec Erika, pour la rue de Bourgogne.

— Ce n'est pas grave, ne t'inquiète pas, dit-il à Monique en l'embrassant, très tendrement, devant la porte.

Elle s'excusa mille fois, lui demanda de surtout prendre bien soin de lui tout en pestant, intérieurement, contre Genet. Il lui avait promis d'appeler ! Se rendait-il compte, au moins, à quel point Abdallah en ce moment allait mal ? Avait-il mesuré qu'il s'agissait d'une désespérance ? Et comme il était vital, littéralement, pour le garçon, de pouvoir lui parler ? Ça lui était égal ?

Après le départ d'Abdallah, lorsqu'elle débarrassa la table, Monique vit, sidérée, la prise du téléphone.

Il l'avait débranchée.

Était-ce qu'il ne voulait plus parler avec Genet ? Qu'il avait le désir de couper avec lui les ponts ? Et Monique s'était-elle trompée, croyant pourtant bien faire ?

Si Abdallah avait, ce soir-là, débranché discrètement la prise du téléphone, c'était surtout par crainte que Genet ne l'appelle pas. Ç'aurait été alors l'ultime coup de couteau enfoncé dans son cœur, une sorte d'aveu, une espèce de preuve de son désintérêt désormais total pour lui. Il n'était pas certain qu'il eût pu s'en relever.

Abdallah dans le fond aimait mieux ne pas savoir, se bercer de l'illusion que, malgré tout, peut-être… Que Genet en tout cas pouvait au moins, encore, à défaut de le désirer, désirer lui parler.

Abdallah rompit avec Erika, mit un terme à cette histoire de dix ans avec elle.

— C'est fini, dit-il. J'ai peur, sinon, de te faire trop de mal.

La petite amie grecque s'était déjà faite, depuis un certain temps, à l'idée d'une rupture. Abdallah n'était plus que l'ombre de lui-même. Il avait perdu ce qui d'emblée l'avait charmée : sa gaieté. S'il n'avait pris les devants, il était fort probable qu'elle aurait elle-même fait le choix de mettre un terme à leur histoire.

Abdallah se renferma un peu plus sur lui-même. Il ne fréquentait plus Ahmed, qui avait déserté lui aussi sur les conseils de Genet, et se cachait loin de la France. Il n'allait plus dans le Sud rendre visite à Ginou et Lucien. Il ne voyait plus Diane. Il fit ce qu'il ne faut pas faire lorsque l'on se sent seul, morose et déprimé : s'isoler plus encore et s'éloigner de tout, des gens et de la vie.

Il n'y avait plus désormais que sa mère, ainsi que Monique et Juan, qu'il retrouvait encore pour déjeuner ou pour garder Carole, âgée de dix ans maintenant. Il jouait avec elle, s'amusait et retrouvait dans l'enfance de la môme quelque chose de la sienne, pourtant pas si lointaine, mais qu'il avait perdue. Un jour qu'il était seul avec la fillette dans l'appartement du trente-trois rue Poissonnière, on frappa à la porte. Abdallah ouvrit, et blêmit : devant lui se tenaient Genet et Jacky.

Il ne savait plus où se mettre, il sentit monter sa température, le rythme de son cœur s'accélérer. Il tenta de cacher son angoisse, proposa à Carole de sortir, de l'accompagner au cinéma. En marchant vers les Grands Boulevards, Abdallah plaisantait.

— Quand tu seras grande, tu voudras être ma femme ?

— Oui ! répondait Carole.

— Promis ?

— Promis !

Il l'embrassa tendrement sur le haut du crâne.

— On voyagera ensemble, juste rien que toi et moi, dans une roulotte en bois. On fera le tour du monde : est-ce que ça te dit ?

— Oui, oui, oui, oui, et on ira jusqu'à… Moscou ! Ou si ça se trouve, jusqu'à Marseille !

Peut-être, dans le fond, ne plaisantait-il pas, peut-être Abdallah cherchait-il, partout, si invraisemblable fût-elle, une raison de croire en un quelconque avenir, quelque chose qui pourrait le sauver, le retenir. Peut-être, aussi, était-ce sa façon, humble, discrète, de dire adieu à Carole.

Ils arrivèrent au Max Linder, au vingt-quatre boulevard Poissonnière, s'engouffrèrent dans la salle pour voir un film des Marx Brothers. À la fin de la séance, Abdallah ne voulait pas sortir. Ils se glissèrent alors dans une des autres salles, pour enchaîner et voir ensemble un autre film : *La Grande Évasion*. Quand les lumières se rallumèrent, Jacky était devant la sortie, dans la demi-pénombre, et les cherchait des yeux. Il les trouva, les regarda. Il fixa Abdallah, sembla rassuré, ne dit rien puis partit.

— Tu vois, Carole, ils s'inquiétaient. Il n'y a plus personne maintenant qui me fasse confiance.

— Si, moi je te fais confiance ! renchérit immédiatement la môme. J'ai même dit à maman que t'es pas une vieille chaussette, même si elle dit que Genet, il t'a laissé tomber comme une vieille chaussette !

— Elle dit ça, ta maman ?

— Oui, des fois, elle dit ça mais t'es pas une chaussette !

Abdallah, à nouveau, embrassa la petite sur le haut de la tête. Il lui acheta une crêpe sur le chemin du retour, puis ils s'assirent sur un banc, regardèrent les pigeons, les gens passer, discutèrent de choses et d'autres, avant qu'il ne lui paie un tour de manège. Lorsqu'ils revinrent rue Poissonnière, Jacky et Genet étaient partis, Monique et Juan de retour.

Le soir même, après avoir raccompagné Carole, Abdallah déclina l'invitation du couple à rester pour dîner. Il embrassa Juan, il embrassa Monique, sortit rue Poissonnière et, plutôt que de retourner chez lui, se rendit à la gare.

Il y leva les yeux vers le panneau des départs. Le prochain train pour la Suisse partait dans dix minutes, il y monta. Abdallah savait bien que, désormais, on ne pouvait plus acheter de Nembutal en France sans avoir d'ordonnance. Il avait souvent entendu Genet pester à ce sujet. On pouvait en revanche s'en procurer facilement en Suisse.

Il en achèterait donc, au moins six ou huit boîtes, et les avalerait toutes, d'un coup. Ce serait comme dans un rêve.

Le train fendait la nuit. Abdallah, le regard morne, serrant en le chiffonnant son ticket entre les mains, était dans ses pensées. Il se demandait ce qu'il ferait, à l'arrivée, en attendant l'ouverture des pharmacies. Il boirait probablement un dernier café. Peut-être aussi une bière. S'il en avait le courage, il appellerait sa mère.

Il n'avait pas peur de la mort. Elle ne l'avait, d'ailleurs, jamais trop effrayé. Lorsqu'il dansait sur le fil, qu'il la sentait dans sa sueur, son estomac et dans sa nuque, il n'en avait pas peur. C'était un peu comme s'il la connaissait déjà et qu'il allait en Suisse retrouver une amie, une connaissance. Surtout, il était déjà mort, en quelque sorte, maintenant qu'il n'était plus rien du tout pour Genet.

Abdallah avait toujours été superstitieux. Quand le train s'immobilisa au terminus, il avait encore son ticket froissé entre ses mains moites. Il n'avait pas été contrôlé. Il sortit du compartiment, il sortit du wagon et il sortit du train. Sur le quai, il leva les yeux vers le ciel, qui était bleu, tout bleu. Un sourire illumina son visage. Il n'avait pas été contrôlé. Cela n'arrivait jamais. Ce devait être un signe. Pas contrôlé. Ce ne pouvait être qu'un signe.

Il décida alors de remonter dans le train, de le prendre en sens inverse, sans aller à la pharmacie, sans acheter de Nembutal.

À son arrivée à Paris, il se fit rembourser le billet non composté. Il alla déjeuner chez Juan et Monique. Sans qu'ils sachent rien de ce qui s'était passé, il leur sembla enfin avoir un peu retrouvé goût à la vie.

L'année mille neuf cent soixante-quatre fut courte pour Abdallah. Elle ne dura qu'à peine deux mois. Il n'avait fait, en Suisse, qu'ajourner son rendez-vous avec la mort.

Après son escapade helvète, il passa quelques semaines heureuses avec Carole, avec Juan et Monique, avec sa mère, avec Ahmed, à l'étranger, avec Lucien et Ginou. Il avait retrouvé en grande partie sa joie, sa bonne humeur. Il crut, un temps, pouvoir apprivoiser le gouffre où il était tombé, s'inventer un avenir nouveau pour échapper à sa noirceur. Il essaya mais n'y parvint pas et la noirceur revint à lui comme un boomerang. Dès qu'il se trouvait seul, il ne pensait qu'à Genet, Genet qui l'obsédait, à leur histoire passée, au bonheur avec lui, perdu à tout jamais.

Très vite il donna l'impression à nouveau de marcher comme sur une planche posée au-dessus du vide, dont il pourrait chuter à chaque instant. C'était un pas plus lourd, un regard moins éblouissant, une façon de se tenir, une manière de parler ou alors de se taire. Son mal-être pointait de plus en plus souvent et plus intensément. Personne ne parvenait à lui redonner la force qui lui faisait défaut. C'était désespérant, se sentir à ce point démuni, impuissant devant ce funambule exilé sur le sol.

En janvier, Genet accorda une longue interview au magazine *Playboy*. La journaliste lui demanda s'il aimait Jacky. Il répéta la question, comme pour y réfléchir, puis répondit :

— J'aime l'entreprise. J'aime ce qu'il fait, et ce que moi je fais pour lui.

Il eût sans nul doute formulé une réponse identique, quelques années plus tôt, au sujet d'Abdallah.

Mais toute affaire, toute entreprise peut connaître, soudainement, l'effondrement.

Abdallah avait déserté l'armée. Il voulait désormais déserter la vie même.

Le vingt-sept février, il alla voir Monique chez Gallimard. Il lui sembla de bonne humeur. Il lui soutint qu'il avait vu, enfin revu, Genet, qu'ils s'étaient longuement parlé, qu'il avait pu comprendre un certain nombre de choses, qu'il pardonnait.

Il demanda ce jour-là à Monique qu'elle lui donne quatre ou cinq boîtes de Nembutal, pour Genet qui l'avait chargé, dit Abdallah, de lui en déposer. Elle en sortit d'un placard – elle en avait toujours dans son bureau toute une réserve.

Sans le soupçonner, ni s'en rendre compte, Monique remit alors à celui qu'elle aimait et qu'elle considérait comme son propre fils, en main propre, l'arme qui allait le tuer.

Au moment de quitter Gallimard, Abdallah serra tendrement Monique dans ses bras. Il lui demanda aussi, sans nulle gravité présente dans la voix, d'embrasser de sa part Juan ainsi que Carole.

On ne prend parfois la mesure que bien plus tard de mots qui furent dits ou de choses qui furent tues. Si Monique avait su…

De retour dans son immeuble, au douze rue de Bourgogne, Abdallah, en ce vingt-sept février mille neuf cent soixante-quatre, frappa chez Nathalie. Il voulait s'excuser, il n'avait pas, ce mois-ci, trouvé de quoi payer le loyer. Cela n'avait, lui dit-elle, pas la moindre importance ; il ne fallait pas qu'il s'en soucie. Elle l'invita pour le dîner chez elle, avec Jean-Pierre, son compagnon. Abdallah hésita. Il faillit dire oui ; il déclina.

Ce sont de si petites choses, et qui pèsent si peu, qui peuvent faire pencher vers la gauche ou la droite le balancier des funambules que nous sommes tous. De si petites choses qui ont de telles répercussions pourtant.

Abdallah remonta les escaliers. À chaque marche enjambée, il repensait à ce ballet auquel, grâce à Monique, il avait assisté, où Nathalie dansait. Il venait de rencontrer Genet. Il se rappelait encore chacune des scènes du spectacle : l'angoisse de l'amoureux qui regardait sa montre et passait sa journée à attendre son aimée, leurs retrouvailles puis leur dispute, la colère du peintre, abandonné, qui cassait tous ses meubles avant de rencontrer la Mort sur les toits de Paris. Il se souvenait de tout.

En haut des escaliers, sous les toits de Paris, Abdallah pénétra dans sa chambre de bonne. Il y avait d'ailleurs *Les Bonnes,* le livre de Genet, grand ouvert sur son lit et annoté, comme tous ses autres livres.

Abdallah, qui savait à peine lire, qui durant son histoire d'amour avec Genet n'avait jamais pris le temps, ou jamais eu l'idée, d'ouvrir aucun de ses livres, avait depuis des mois, dans le silence et le secret de sa chambre, déchiffré chacun d'eux très méticuleusement. Il les connaissait tous et les avait décortiqués.

Il avait entouré des phrases dans *Les Nègres*, dans *L'Atelier d'Alberto Giacometti*, même dans le livre écrit par Sartre sur Genet. Dans *Les Paravents*, aussi, sa dernière pièce et dans *Le Funambule*, bien sûr, qui trônait au milieu des autres.

Un des passages en ressortait tout particulièrement :

> Veille de mourir avant que d'apparaître, et qu'un mort danse sur le fil.

Le corps d'Abdallah fut découvert deux semaines après sa mort, dans la chambre rue de Bourgogne louée par Nathalie.

Elle ne l'avait pas croisé depuis plusieurs journées ; personne ne répondait quand on frappait chez lui. Elle ne s'en était pas inquiétée d'abord, avait à peine relevé la chose. Mais passé quinze jours il y eut l'odeur nauséabonde et forte, reconnaissable, de la mort qui s'enfuyait de la pièce pour envahir l'immeuble.

Elle appela la police, elle appela Monique, elle appela Genet, qui arrivèrent tout de suite. La porte fut enfoncée. L'odeur devint tellement insoutenable que chacun fit un pas, machinalement, en arrière et porta sa main devant sa bouche et sous son nez.

Abdallah gisait sur le lit, le corps déjà en partie décomposé. Sa peau était noircie par les effets du Nembutal, qu'il avait avalé en grande quantité. Il était entouré, comme des bougies qui veilleraient sur lui, par tous les livres de Genet, des livres aux pages ensanglantées car il s'était ouvert les veines, aussi, pour être certain de ne pas se rater.

Il avait vingt-sept ans.

Le lendemain, Monique et Juan, Nathalie et Jean-Pierre jetèrent dans la Seine le matelas imbibé par le sang d'Abdallah.

Genet en une nuit semblait vieilli d'au moins dix ans. Il alla voir le corps, à nouveau, à la morgue, le corps mort d'Abdallah, qu'il avait certes abandonné mais qu'il avait follement aimé. Il l'observa avec une attention aiguë, relevée de tendresse. Il était quasiment méconnaissable. À cause du Nembutal, il était devenu un de ceux que Genet, dans sa pièce, avait appelés *Les Nègres*. Il était, songea-t-il, revenu en Afrique, la terre de ses ancêtres, revenu aux origines de tout ce qu'il était. Il effleura du bout du doigt, une dernière fois, le visage d'Abdallah.

En sortant de l'institut médico-légal, c'était à peine si Genet tenait debout. Il s'affala dans un café, sortit un stylo de sa poche, une feuille de papier quadrillé puis inscrivit à son sommet, à l'encre noire, ces mots tremblés :

À l'intérieur de la morgue de Paris, quand je vis le cercueil ouvert posé à même le sol, je regardai Abdallah mort. De son visage au mien, il y avait cette distance en mouvement – sans cesse en mouvement. C'était une pierre que j'aurais pu ramasser et tenir dans mes mains et c'était au même moment un minéral très loin dans l'espace et même dans le temps. Indifférent à mon examen (ou plutôt qu'indifférent, ignorant totalement le monde).

Et, en regardant ce visage d'Abdallah mort, je reconnus le très proche et l'incalculablement (scandaleusement) lointain des sculptures de Giacometti.

Cette *mort physique définitive* vers laquelle le garçon avait osé marcher était pour Genet, pourtant effondré, une mort admirable, glorieuse, héroïque. C'était une création, la mort, quand on se la donnait, une œuvre qui, par sa radicalité, ne pouvait que forcer le respect.

Abdallah désormais suscitait la même admiration que Genet portait à Giacometti et qu'il avait tant convoitée. Même, il la dépassait. Son acte le fascinait. Il lui avait fallu mourir avant que d'apparaître, enfin, aux yeux de Genet.

On l'enterra dans le petit cimetière de Thiais, dans le carré musulman. Comme pour coller au cliché du genre, il faisait froid ce jour-là, du vent, une pluie fine, c'était sinistre. Ahmed se cachait derrière les tombes pour ne pas être pris, comme déserteur, par la police. La mère d'Abdallah était assise sur un siège de fortune, ses deux béquilles sur les genoux. Monique était anéantie, Giacometti figé, telle une de ses statues. Genet, brisé, peinait même à marcher derrière le mufti.

Après l'enterrement, dans son hôtel, il s'écroula et il pleura. C'était la première fois depuis vingt ans, depuis les poèmes d'Olivier récités dans un restaurant. Mais les larmes de Genet avaient ce jour-là une tout autre saveur.

On se remet durement d'une disparition, d'un ami, d'un parent, d'un amant qui s'en va. On ne s'en remet jamais quand il s'est suicidé.

Dans le livre de Nietzsche *Ainsi parlait Zarathoustra* il est question, au tout début, d'un funambule. Il tend son fil très haut entre deux tours. Sous ses pieds se trouve une foule amassée, bouche bée. Un diable surgit de l'une des tours, saute par-dessus lui et l'effraie au point qu'il perd l'équilibre, lâche son balancier et tombe sur le sol pour venir s'écraser devant Zarathoustra, qui le prend sur son dos, l'emporte et se met à marcher. Il le porte longtemps mais après un moment prend conscience que la place de ce funambule mort n'est pas sur son dos. Il pose sa dépouille dans le tronc creux d'un arbre et puis reprend sa route.

Genet le restant de sa vie porta, lourd sur son dos, le corps mort d'Abdallah sans trouver nul creux d'arbre pour l'aller déposer. Lui qui avait été, pour un temps, invisible, délaissé, mort aux yeux de Genet, désormais décédé, devenait plus vivant qu'il ne l'avait jamais été, présent à chaque instant, vivace, sur son dos.

Après la mort du funambule, Genet fut pris d'un désir de dévastation et détruisit ses manuscrits. Il découpa son texte sur Rembrandt, qui remplissait toute une valise, en petits carrés bien réguliers avant de le foutre aux chiottes. Il brûla également les deux pièces de théâtre qu'il avait entamées, *Le Bagne* et *La Fée.*

De l'hôtel Lutetia où il était logé, dans le quartier de Saint-Germain-des-Prés, il passa un samedi un coup de fil à Juan.

— Venez me voir tout de suite. C'est important et surtout, Juan : n'en dites rien à Monique.

L'Espagnol se précipita et arriva dans la demi-heure. Dans sa chambre du Lutetia, il trouva Genet, habillé pour sortir et qui l'attendait.

— Vous allez bien m'écouter, Juan.

Genet avait dans le regard une grande sévérité et dans la voix de la fermeté. Juan acquiesça.

— Vous n'avez rien dit à Monique ?

— Non, je lui ai dit que j'allais me promener…

— Bien. Alors écoutez-moi. C'est simple, de toute façon, et ça ne va pas nous prendre longtemps.

— Je vous écoute.

— Je vais me tuer.

Juan resta abasourdi.

— Voyons…

Genet le coupa net.

— Je ne vous ai pas fait venir pour me faire la morale ou me dissuader alors, Juan, fermez-la. Je n'ai pas besoin de votre avis.

L'écrivain espagnol, qui avait désormais publié une dizaine de livres, hocha la tête en signe d'approbation.

— Je ne sais pas encore quand je vais me tuer, dans deux semaines, dans deux mois, dans deux ans, je ne sais pas, mais je sais que je vais me tuer.

Genet tendit à Juan un papier à en-tête de l'hôtel Lutetia où il avait écrit un mot. Il s'en saisit, d'une main tremblante, et lut le texte.

Genet les désignait, Monique et lui, comme ses exécuteurs testamentaires et indiquait céder ses droits littéraires, cinématographiques, théâtraux, pour moitié à Jacky et pour l'autre à Ahmed, l'ami le plus proche d'Abdallah.

— Mettez la feuille dans votre poche et, quand vous serez de retour à la rue Poissonnière, gardez-la précieusement. Surtout ne la perdez pas. On va manger un bout ? C'est moi qui vous invite.

Juan plia soigneusement le testament en quatre et le rangea, délicatement, dans la poche intérieure gauche de sa veste.

Genet avait perdu sa gravité. Il semblait avoir le cœur léger. Il était, comme à l'accoutumée, ironique, incisif.

Durant le déjeuner, il fit jurer à Juan de ne pas toucher un mot de ce document à Monique. Il l'informa aussi de sa résolution de ne plus jamais écrire.

— Vous ne pouvez pas faire ça…

— Bien sûr que si, je le peux. Je vous le dis, j'ai tout détruit. Maintenant, c'est fini. Bye, la littérature.

Genet marqua un temps, avant d'ajouter, le regard planté dans celui de Juan :

— Elle s'est bien passée de moi durant quatre mille ans. Elle s'en passera très bien pendant les quelque temps que je serai encore vivant.

Juan écoutait, ne sachant que dire. Il ne pouvait se résoudre à un tel gâchis. Genet était le plus grand, pour lui, de tous les écrivains de l'époque. Un des trois, quatre ou cinq, même, plus grands de tout le siècle, que ce soit en France ou n'importe où ailleurs, un des plus grands au monde. Il tenta de le convaincre, d'argumenter.

— Vous n'avez pas à vous punir. C'est absurde, comme idée, l'autoflagellation. Vous n'êtes pas responsable de ce qu'a fait Abdallah. Pas plus que moi, Jacky, qu'Ahmed ou que Monique. Vous ne pouvez…

Il n'y avait rien à faire. Genet était catégorique, définitif. Il n'écrirait plus rien.

Il parla, durant le déjeuner, un peu de Jacky, qui avait dû cesser, un temps, les courses automobiles pour faire son service militaire. Il évoqua beaucoup Abdallah. Il parlait de son geste à la manière d'un grand mystique. On aurait cru entendre, dans sa bouche, des passages empruntés au poète persan Rûmî. Abdallah avait tranché sa vie. Il s'était élevé, par là même, encore plus haut que sur son fil. L'échelle qu'il empruntait, déjà, pour pratiquer son art était devenue l'échelle apparue à Jacob, celle entre ciel et terre qu'empruntent seulement les anges. Il devenait un ange. Il s'élevait, désormais, loin au-dessus des hommes, loin au-dessus du temps pour atteindre la gloire. Car, comme Genet l'avait écrit, déjà, dans son *Miracle de la rose*, la mort était ce que cherchaient partout les êtres qui sont sans gloire.

Juan ne trouvait aucune faille, aucune brèche où s'engouffrer dans les propos de Genet pour tenter de le convaincre et le dissuader de ne plus écrire. Il sortit de son déjeuner inquiet, déboussolé. Arrivé rue Poissonnière, alors qu'il avait promis à Genet de ne pas toucher un mot de son testament ni de son adieu à la littérature, Juan raconta tout à Monique. S'il ne lui avait pas, pensa Juan, lui-même confié son désespoir, c'était par crainte de ses observations et nullement par délicatesse.

Monique tomba aussi des nues. Il ne manquait plus que ça. Elle en avait voulu à Genet, il est vrai, pour avoir confondu la chair et le papier, voulu faire d'Abdallah une œuvre qu'il signerait, un chef-d'œuvre et s'être détourné de lui dès qu'il avait chuté. Il avait sans attendre pris un nouveau projet comme on repeint une toile, pour tout recommencer. Diane l'avait accusé d'avoir tué son Abdallah, d'être responsable de sa mort, de n'être qu'un assassin. Monique, au fond d'elle, s'était dit qu'elle n'avait peut-être pas tout à fait tort.

Mais c'était la tristesse, la violence du deuil qui l'avaient amenée à le penser. En vérité, qu'aurait-elle voulu qu'il fasse ? Qu'il ne rompe pas avec lui et qu'il reste par pitié ? Abdallah ne l'aurait pas supporté. Qu'il ne cesse pas de l'aimer ? Genet lui avait offert tout l'amour qu'il avait, jusqu'à son épuisement. Même après, il avait continué à veiller sur lui, à lui donner de l'argent, à lui et à sa mère. Certes, il l'avait poussé à ses limites, mais ce n'était pas pour le blesser. C'était pour le faire aller, toujours, vers ce qu'il trouvait beau, ce à quoi il pouvait aspirer, sans avoir jusque-là encore jamais osé.

Cette décision si radicale, arrêter d'écrire, montrait combien Genet était affecté par la mort d'Abdallah, combien aussi les craintes du jeune homme, de n'avoir été qu'un parmi d'autres, s'avéraient infondées. Mais une question hantait Monique : Jean était-il vraiment capable d'un tel geste ? Pouvait-il décider de s'unir à Abdallah, définitivement, dans un sommeil de Nembutal ? Elle l'en croyait capable.

Qui pour le raisonner ? Elle pensa à Sartre.

Elle lui fixa un rendez-vous au Café de Flore. À son arrivée, la terrasse de l'établissement était tout agitée. On en faisait sortir *manu militari* un homme d'une grande maigreur, mal habillé, à la barbe broussailleuse et qui sentait l'alcool : c'était Olivier. Il était jeune encore mais complètement méconnaissable. L'opium lui avait troué les dents, fendu la langue et il était plus proche du clochard que du bel éphèbe qu'elle avait elle aussi connu avec Genet.

Sartre, derrière ses grosses lunettes, regardait la scène. Il était assis à une petite table non loin du grand poêle qui trônait au milieu de la pièce et où il attendait Monique.

— C'est chez lui, vous savez, qu'ils se sont rencontrés, Abdallah et Genet.

— Je sais bien, je sais bien…, répondit le philosophe en levant les deux bras dont les coudes reposaient sur la table, en un geste d'impuissance et de résignation.

Monique sortit de son sac le testament de Genet et le tendit à Sartre, qui l'examina. Elle lui apprit aussi, la voix inquiète et l'œil mouillé, qu'il avait récemment détruit ses manuscrits, tous ses textes et qu'il s'était juré de n'écrire plus jamais.

Ses paroles ne provoquèrent pas chez Sartre la réaction qu'elle attendait. Il se contenta de sourire tendrement et dit qu'elle n'avait pas à s'inquiéter. Ce qui, selon lui, minait Genet, ce n'était pas une tristesse profonde, de celles qui peuvent pousser à l'irréparable, c'était au contraire son incapacité à éprouver une telle émotion, à ressentir une tristesse véritable après l'acte d'Abdallah. Il ajouta qu'il espérait, comme elle, qu'il se démentirait et qu'il recommencerait à écrire. Mais si Genet avait détruit ses manuscrits, ce n'était pas parce qu'il se punissait. C'était, tout simplement, qu'il les trouvait mauvais.

Monique ne partageait pas pleinement son analyse. Sartre semblait passer tout à fait à côté de ce qu'avaient été Jean et Abdallah l'un pour l'autre. Mais elle se sentit, tout de même, soulagée.

S'il savait que l'accusation de Diane était injuste, que sa haine envers lui était une expression de sa propre culpabilité, à elle, de n'avoir rien fait pour sauver son Abdul, Genet ne pouvait s'empêcher de se sentir responsable. Il y avait du vrai dans ce qu'elle lui avait dit. Les mots du *Funambule*, qu'il avait écrit comme un texte d'amour, de passion, résonnaient désormais macabrement à ses oreilles.

> Il s'agissait de t'enflammer, non de t'enseigner.

Ce qu'avait demandé Genet au jeune Abdallah, lui avait crié Diane, même si c'était enrobé et caché dans des paroles d'amour, c'était son sacrifice.

> Je ne sais pas à quel dieu tu vas adresser tes jeux d'adresse, mais il t'en faut un.

Abdallah, littéralement *le serviteur de Dieu*, devait s'immoler sur l'autel consacré au dieu Genet qu'il vénérait.

Avec *Le Funambule*, Genet avait offert au garçon le plus beau de tous ses textes, le lui avait dédié. Un texte tourné vers la vie, qui portait fort la trace du bonheur de Genet au moment de l'écrire, du bonheur qu'il vivait avec, par Abdallah.

En se gavant de Nembutal et en s'ouvrant les deux poignets, Abdallah avait transformé en un chant funèbre l'intense force vitale que portait *Le Funambule*. On ne peut plus, désormais, le lire sans entrevoir, sous la tendresse et sous les mots brûlant d'amour prononcés par Genet, la trace des larmes et celle du sang qui en imbibent le papier.

Genet ne s'épanchait plus auprès de Juan et Monique en des propos mystiques. Il avait fait promettre à ceux qu'il fréquentait de ne plus jamais parler de celui qu'ils savaient ni de prononcer son nom – il veillait néanmoins au bien-être de sa mère et lui faisait porter de l'argent ou des fleurs ainsi que des chocolats. De son éditeur, il avait exigé qu'il retire du marché l'ensemble des exemplaires du *Funambule*.

Sa pièce *Les Paravents*, publiée depuis cinq ans, encore jamais jouée en France, créa le scandale. Genet y dénonçait la guerre d'Algérie, l'attitude de l'armée. De nombreux extrémistes, dont Jean-Marie Le Pen, s'efforcèrent de bloquer l'accès au théâtre tandis que d'autres pénétrèrent dans la salle et balancèrent des œufs sur les acteurs, des chaises, des fumigènes sur scène en criant à tout-va « Genet pédé, Genet pédé, Genet pédé ». L'Assemblée nationale débattit même du cas et elle envisagea de couper les subventions à l'Odéon théâtre pour avoir joué la pièce.

Tout cela fit grand bruit, Genet s'en amusa mais ne s'en préoccupa dans le fond que très peu.

Le soir de la générale, il apprit de son éditeur qu'il venait de republier *Le Funambule* alors même que Genet l'avait interdit. Sous les voûtes du théâtre, côté rue Crébillon, il entra dans une colère noire, devint hors de contrôle. Depuis la mort de Giacometti, il ne marchait plus qu'à l'aide d'une canne, un peu comme s'il l'avait récupérée de l'artiste suisse, au moment de son décès, en guise d'hommage et d'héritage. Il la brandit et il tenta, à quatre ou cinq reprises, de la fracasser très violemment sur le crâne de ce traître qu'était devenu pour lui son éditeur.

— Vous n'êtes qu'une pourriture, lui criait-il.

Genet fit alors interdire, de surcroît, qu'il réimprime *Les Paravents* dont le personnage central, Saïd, pouvait par certains traits rappeler Abdallah. Il envoya une lettre d'huissier pour asseoir clairement, cette fois, sa volonté : plus de publication, que ce soit des *Paravents* ou bien du *Funambule.* Les deux hommes cessèrent là de se parler comme de se fréquenter.

Ce ne fut pas Genet qui écrivit la lettre : il la dicta mais ne la rédigea pas. Depuis le déjeuner avec Juan où il lui annonçait renoncer à écrire, Genet s'y tenait ferme et très littéralement. Il ne supportait plus même l'idée de tenir dans sa main un stylo, que ce soit pour signer un chèque ou rédiger une lettre. Monique et Juan étaient peinés de le voir ainsi, d'autant que Genet leur semblait, peu à peu, se désintéresser de tout. Il ne lisait plus les journaux, ne leur parlait plus de politique, rien ne semblait plus le faire vibrer.

Un jour, à la table d'un restaurant non loin de la rue Poissonnière, Juan tenta quelque chose pour que Genet réagisse. Il sortit durant le repas un stylo à bille de sa veste et il le lui tendit :

— Il faut que vous signiez là, en bas de ce document.

La réponse de Genet fut des plus implacables. Il marqua un long temps, le regard vers l'objet, s'empara du stylo, le jeta violemment à l'autre bout de la pièce, se leva et, sans dire le moindre mot, quitta Juan. Il ne le revit pas, après cet événement, ni lui ni même Monique, durant plusieurs années.

Depuis qu'Abdallah s'était tranché les veines, Genet se retirait toujours plus en lui-même et dans un lourd silence.

Il continuait à fréquenter Jacky, libéré désormais de son service militaire. Il avait repris les courses mais il eut à Stuttgart un très grave accident sur un circuit au nom qui semblait appeler à lui de grands malheurs : le circuit de Solitude.

Genet se rendit sur place, immédiatement, avec Ginou et Lucien, auprès de son protégé. Il était mal en point ; l'opération qu'il devrait subir s'avérait lourde. Pour la première fois, Genet se tourna vers Dieu, chose étonnante chez lui, et le pria de sauver Jacky, quand bien même ce serait au prix de sa propre vie.

L'opération fut un succès, même si Jacky dut y laisser son bras droit à jamais paralysé.

Genet était présent dans le bloc opératoire et assista à toute l'intervention. Il avait peur que la mort ne lui prenne aussi Jacky, car depuis qu'Abdallah s'était tranché les veines, il ne semblait plus entouré que de morts. Abdallah était mort en soixante-quatre et Olivier, le poète, en soixante-cinq. Giacometti en soixante-six et Bernard, son agent, se suicida en soixante-sept. Genet s'en était séparé, après avoir rompu violemment avec lui pour les services d'un autre. Alors l'accident de Jacky…

C'était pour Genet comme si, depuis qu'il avait mis, avec Abdallah, son propre amour à mort, il ne faisait que détruire tout ce qu'il pouvait toucher, tous ceux qu'il approchait. Il lui sembla qu'il exerçait une influence nocive, mortelle, partout autour de lui.

Ébranlé, il songea un instant à partir en voyage pour vivre une renaissance. C'était précisément ce qu'il avait conseillé de faire à Abdallah, après qu'il l'eut quitté. Il croyait foncièrement à cette force possible de la fugue en avant. Il fit la demande d'un visa pour partir vers les États-Unis, où ses pièces étaient jouées et ses livres s'arrachaient. Mais on le lui refusa, pour « perversion sexuelle ».

Genet, comme Zarathoustra, traînait partout le funambule sur son dos, sans trouver où le poser. Puisqu'il ne pouvait pas l'emmener en Amérique, il faudrait donc qu'il puisse l'aller porter ailleurs. Ce serait en Italie.

Genet se rendit en train à Domodossola, dans le Piémont, une petite ville au nom chantant et poétique, non loin de la frontière suisse. Il avait passé là des jours splendides et insouciants avec Abdallah avant d'aller à Vienne chercher un professeur.

La bourgade se trouvait aussi près de la région magnifique des Grisons, qui avait vu grandir, enfant, Giacometti.

> Il n'est pas à la beauté d'autre origine que la blessure, singulière, différente pour chacun, cachée ou visible, que tout homme garde en soi, qu'il préserve et où il se retire quand il veut quitter le monde pour une solitude temporaire mais profonde.

Il avait écrit ces lignes dans son texte consacré au peintre et sculpteur suisse.

Avec *Le Funambule*, c'était une exception dans l'œuvre de Genet. La plupart de ses livres ont quelque chose d'opaque, absorbent la lumière. Ces deux-là en revanche – *Le Funambule* et *L'Atelier d'Alberto Giacometti* – ressemblent à des eaux claires et ne sont pas tournés vers l'ombre exclusivement. Ils penchent vers la lumière et sont, l'un comme l'autre, du côté de la vie, de la joie, de l'amour. Il n'y a pas en eux ce grand fond de tristesse qui parcourt toute l'œuvre de Genet. Ils portent en eux la trace d'une époque assez proche, qui semblait à Genet, parti en Italie, pourtant très reculée : celle de l'amour heureux, savoureux, savouré avec Abdallah, celle des séances de pose, celle de l'exaltation et de l'appartement à la moquette marron dans la rue Joanès.

Une époque révolue, dont ne demeurait plus, dans la vie de Genet, que la blessure laissée par Abdallah. Une blessure tout autre que celle cachée du peintre car elle n'invitait pas au retrait temporaire, mais bien définitif du monde qu'il habitait.

Pour tout bagage vers l'Italie, Genet prit avec lui trois boîtes de Nembutal, qu'il s'était procurées sans passer par Monique. Il ne l'avait pas revue depuis presque deux ans.

À Domodossola, il fit une marche courte dans les ruelles de la vieille ville, puis il s'assit à un café qui offrait une vue sur le mont Calvario. On gagnait, dit-on, sept jours au paradis en montant au sommet. C'était hors de portée. Il alluma une cigarette. Le soir baissait, celui du dernier repas.

Genet retourna ensuite à l'hôtel où, avec Abdallah, il avait séjourné. Il demanda à ce qu'on lui donne la même chambre qu'on lui avait donnée quelques années plus tôt.

Il s'assit sur le lit. Il prit un Nembutal, puis un second et un troisième. Il en picora d'autres, comme de petits bonbons, qu'il suçotait enfant. Il s'allongea ensuite et termina la boîte avant d'en avaler une autre entièrement.

Il s'endormit.

Le suicide de Genet à Domodossola en mille neuf cent soixante-sept fut un acte manqué.

On le trouva inanimé dans sa chambre d'hôtel, on le transféra à l'hôpital ; il fut sauvé.

Près de vingt ans plus tard ce fut Genet, non le funambule, qui perdit finalement l'équilibre et qui mourut d'une chute, une nuit, dans un hôtel, près de la place d'Italie.

Il fut enterré au Maroc, à Larache, où vivait son dernier amant, dans un petit cimetière qui domine la mer.

Le même jour, on déterrait à Thiais le corps d'Abdallah pour le jeter dans une fosse commune.

La concession de vingt-deux ans, payée par Genet, venait d'expirer.

CRÉDITS

« Mourir avant que d'apparaître » est une formule empruntée au texte *Le Funambule*, écrit par Genet au mois de mars 1957. Il parut quelques mois plus tard dans la revue *Preuves* et fut publié ensuite en 1958 aux éditions de L'Arbalète.

Les deux cartes reproduites dans l'ouvrage sont issues du fonds Genet conservé à l'Institut mémoires de l'édition contemporaine (Imec). La première, page 85, est la photocopie d'une carte postale de la Riviera dei Fiori à Sanremo, envoyée par Abdallah Bentaga à Monique Lange en 1958. La seconde, page 89, est la photocopie d'une carte postale de Vienne, non datée, envoyée par Abdallah Bentaga et Jean Genet à Monique Lange.

La lettre de Carole adressée à Abdallah, reproduite page 105, est citée dans l'ouvrage *Fille de*, écrit par Carole Achache et publié en 2011 aux éditions Stock.

Les lettres de Genet adressées à son agent Bernard Frechtman, reproduites pages 111, 122, 126 et 128, sont extraites du fonds Genet conservé à l'Imec.

Les notes de Genet évoquant le corps d'Abdallah à la morgue, reproduites page 146, sont issues de la collection particulière de Pierre Constant.

REMERCIEMENTS

Ce livre doit beaucoup aux travaux d'écrivains, de chercheurs, spécialistes de Genet, qui l'ont précédé. Que leurs autrices et auteurs en soient vivement remerciés, et particulièrement Carole Achache (*Fille de*, Stock, 2011), Marc Barbezat (« Comment je suis devenu l'éditeur de Jean Genet », in *Lettres à Olga et Marc Barbezat*, L'Arbalète, 1988), Tahar Ben Jelloun (*Jean Genet, menteur sublime*, Gallimard, 2010), Lydie Dattas (*La Chaste Vie de Jean Genet*, Gallimard, 2006), Diane Deriaz (*La Tête à l'envers*, Albin Michel, 1988), Juan Goytisolo (*Les Royaumes déchirés*, Fayard, 1988), Monique Lange (« L'homme aux yeux rieurs », in *Le Magazine littéraire* n° 313, septembre 1993), Marie Redonnet (*Jean Genet le poète travesti*, Grasset, 2000), Gilles Sebhan (*Domodossola*, Denoël, 2010) et Edmund White (*Jean Genet*, Gallimard, 1993). Je tiens à exprimer ma reconnaissance toute particulière à Albert Dichy qui, en plus d'être un fin connaisseur de l'œuvre de Genet, m'a ouvert avec confiance le fonds Genet conservé à l'Imec. Ses éclairages, ses interprétations et les différentes chronologies qu'il a pu établir m'ont été précieux. Merci également à Pierre Constant pour son accueil à Paris et l'échange que j'ai pu avoir avec lui au sujet d'Abdallah.

Pour l'écriture du personnage d'Abdallah j'ai pu profiter, aussi, de l'expertise de plusieurs funambules : je tiens à remercier Tatiana-Mosio Bongonga et toute la compagnie Basinga pour les beaux moments que nous avons passés ensemble et pour les conversations passionnantes que nous avons eues sur l'art du fil. Merci aussi aux funambules Rudy Omankowksy et Janyck Rechatin de m'avoir accueilli chez eux pour évoquer leur métier.

Merci, enfin, à Jacky Maglia, qui est aujourd'hui le légataire universel de Jean Genet. Merci du temps qu'il m'a accordé, à Athènes comme au téléphone, pour évoquer ses souvenirs et partager son regard sur mon texte et sur cette histoire.

Achevé d'imprimer par Normandie Roto Impression s.a.s.,
le 2 juin 2022.
Dépôt légal : juin 2022.
Numéro d'imprimeur : 2202693.

ISBN : 978-2-07-296710-8 / Imprimé en France.

402350